정준 현대판타지 장편소설

MODERN FANTASY STORY & ADVENTURE

기적의 앱스토어

5

dream
books
드림북스

기적의 앱스토어 5

초판 1쇄 인쇄 2015년 8월 14일
초판 1쇄 발행 2015년 8월 21일

지은이 정준
발행인 오영배
책임편집 편집부

펴낸곳 (주)삼양출판사 · 드림북스
주소 서울시 강북구 도봉로 173
대표 전화 02-980-2112 **팩스** 02-983-0660
출판등록 1999년 3월 11일 제9-00046호

© 정준, 2015

ISBN 979-11-313-0241-5 (04810) / 979-11-313-0236-1 (세트)

드림북스는 (주)삼양출판사의 판타지 · 무협 문학 브랜드입니다.

정준 현대판타지 장편소설

MODERN FANTASY STORY & ADVENTURE

5

기적의 앱스토어

dream
books
드림북스

목차

제1장

친구라는 이름의 인간관계

　─ 5성급 호텔, 세븐 스타 화재 충격!

　─ 원인은 가스 폭발로 알려졌으나 경찰과 소방당
국 등은 아직까지도 합동조사 중이며, 정확한 원인을
규명하는 중이다.

　─ 사망자 13명, 부상자 214명.

　─ 당시 촬영된 CCTV 영상이 화재로 인해 소실되
어…….

　─ 한류 스타, 김효준 사망. 연예계를 비롯하여 국
내외에서 많은 조문객이…….

— 화재로 인하여 호텔 등급 4성으로 떨어져…….

— 국내 유명 인사뿐만 아니라 외국인 중에서
도…….

— 세븐 스타를 산하에 두고 있는 자성 그룹은…….

서울에 위치한 대학 병원.

개인 병실에 누워 벽걸이형 텔레비전을 시청하고 있던
지우는 흐응, 하고 생각에 잠겼다.

'그 일이 일어난 지도 일주일이 지났나.'

한류 스타이자 국내에 있던 또 다른 앱스토어의 고객인
김효준과의 만남.

그에게 동맹 제의를 받았지만, 김효준에게서 어떤 위험
성을 느낀 지우는 이를 거부하고 싸움을 택했다.

결과적으로 보자면 그 싸움에서 지우는 완벽히 승리했
다.

파이로키네시스로 추정되는 능력을 지닌 김효준과 부딪
쳐서 약간의 타격을 입긴 했지만, 중상 정도는 아니었다.

일렉트로의 눈부신 성장과 함께 기술을 개발하고 김효준
도 포박하는 데 성공. 이후 김효준을 한적한 곳으로 데려가
서 협박을 통해 필요한 정보를 얻어 냈다.

그 직후, 지우는 곧바로 병원에 입원했다.

파티의 참석자 목록에 자신은 공식적으로 들어가 있었으니, 당연히 화재에 휘말린 피해자가 되어야 한다.

만약 그렇지 않으면 자연히 주목이 쏠리기 마련이었고, 괜한 의심을 받지 않기 위해서 약간 다쳤다는 말과 함께 병원에 입원하기로 했다.

참고로 세븐 스타 화재는 당연하게도 대한민국을 큰 충격에 빠뜨리고 한 번에 주목을 끌었다.

화재 규모가 큰 것도 그렇지만, 리즈 스멜트와 함께 나란히 대한민국 굴지의 기업으로 유명한 자성 그룹의 호텔이기도 하며 몇 없는 5성급 호텔이어서 더 화제가 되었다.

게다가, 비록 사고로 위장되긴 했으나 한류 스타로 유명한 김효준이 사망했으니 주목 받는 건 당연하다.

특히 사람들의 관심은 김효준에게로 집중됐다.

어쩌면 한류 문화를 이끌어 나가는 유명 스타의 비극적 죽음에 대한 애도이기도 했지만, 폭발의 진원지로 추정되는 곳이 김효준이 투숙하고 있던 층이었기 때문에 가십거리가 끊이지 않았다.

덕분에 빗발처럼 쏟아지는 기사들 중에는 대부분이 김효준에 대해서밖에 없었고, 음모론을 좋아하는 사람들은 기사를 보며 '한국이 문화적으로 성공한 걸 위험하게 여긴 누군가가 암살자를 보냈다.' 혹은 '그가 대통령과 비슷할 정도로의 영향력을 가지게 될 것이 무서워서 정부가 살해했다.' 라는 등의 터무니없는 이야기도 나왔다.

참고로 지우 본인에게도 여러모로 인터뷰 신청이 왔지만, 그는 안정을 위해서라는 이유만으로 모두 거절했다.

그 외의 대외적인 일은 박영만에게 모두 일임하였다.

입원한 이후, 박영만이 찾아와서 '대표님은 미리 이 일을 예견하신 건가요?' 라는 질문을 받기도 했다.

화재가 일어나기 직전, 메시지를 보내서 박영만을 미리 피신시킨 일이 마음에 걸린 것이리라.

이에 지우는 어색하게 웃으면서 곧장 답했다.

"설마요. 제가 무슨 초능력자도 아니고 그런 게 가능하겠습니까? 원래 저희는 한 시간만 있다가 가려고 했고, 그렇지 않아도 일이 바쁘지 않았습니까. 그걸 대신 처리해 달라고 박영만 씨를 회사에 보낸 것뿐입니다."

"하긴, 그렇군요. 제 망상이 과했습니다."

박영만도 별다른 의심을 하지 않고 그냥 우연이라고 생각했다.

   다만, 자신이 입원하기 전 어떠한 처리를 하지 않았더라면 자신은 용의자 명단에 이름이 올라와있을 것이다.

   A.A(Alibi app)

   – 구분: 기타, 유료 앱

   – 상품을 구입해 주셔서 감사합니다.

   – 어쩔 수 없이 범죄를 일으키셨을 때, 이 알리바이 앱만 있다면 당신도 당황하지 않고 떳떳하게 있을 수 있습니다.

   – 증거와 증언을 조작하기가 힘드신가요? 여러분도 이걸 통해서 완벽한 범죄자가 되도록 하세요!

   – 스마트폰에 앱을 설치한 뒤, 날짜와 장소만 입력하시면 그 상황에 알맞게 알리바이를 앱스토어에서 재구성해줍니다.

   – 재구성하는 것은 오직 앱의 인공지능에 따라 결정됩니다. 마음에 들지 않는 알리바이가 남는다 하여도, 일절 책임지지 않으니 참고해 주세요.

   –일 회당 천만 원이 자동으로 결제됩니다.

   –가격: 위 참조

'가격이 좀 비싸고, 재구성하는 것이 랜덤이지만 그래도 나쁘진 않아. 덕분에 폭발 당시 파티 회장에 내가 혼자서 술을 마시고 있다는 알리바이 영상이 생겼어.'

파티 당일.

지우는 생각 이상으로 많은 주목을 끌었다.

윤소정이 소속되어 있던 버캐니어 엔터테인먼트, 그리고 그 소속사의 사장이었던 김정훈과의 말싸움 때문이다.

그러던 도중에 김효준이 등장해서 두 사람의 싸움을 말렸고, 억지로 화해시킨 다음에 정지우를 데려가는 걸 많은 사람들이 지켜보았다.

즉, 증언만 보면 김효준이 죽기 전에 마지막으로 만난 사람은 자신이 된다. 수사가 한참이니, 조사를 받는다면 유력한 용의자가 될 것이 분명했다.

그래서 그걸 대신할 상품이 바로 이 알리바이 앱인 A.A 다. 앱스토어에서는 물품 등의 상품만 파는 줄 알았는데, 아니었다. 많지는 않지만 이런 앱 형태의 상품도 팔긴 했다. 과연 안 파는 것이 없다는 기적의 앱스토어다.

'범죄의 앱스토어라 불러도 될 만큼 편한 것이 많구나. 자주 이용해야겠어.'

이제는 이익을 위한 '약간'의 범죄행위는 눈 하나 깜짝 하지 않고 행하는 인간!

'그것보다…… 김효준과의 만남으로 여러 가지 생각할 게 생겼어.'

환자복으로 누운 채, 창문을 힐끗 살피던 지우의 눈이 가늘어졌다.

'가장 신경 쓰이는 건 역시 고객의 최후다.'

잠시 회상에 잠긴다.

첫 번째로 만났던 고객, 백고천의 경우야 마음이 약해서 죽이지 못하고 경찰에 넘겨 구금시켰다.

그러나 그다음에 만났던 두 번째 고객, 양추선의 경우에는 경각심을 느끼고 그녀의 목숨을 빼앗았다.

다만 문제가 있다는 건 생명을 잃은 양추선이 빛의 입자로 변해 육체 하나 남기지 못하고 사라졌다는 점이다.

그걸 본 지우는 두 가지 가설을 세웠다.

'첫째, 어떤 상품에 의한 페널티일지 모르겠다고 생각했지.'

예전에 봤던 상품 중, 제일 압도적인 가격을 자랑했던 '영혼의 계약서'에 보면, 계약을 어길시 영혼이 어디에도 가지 못하고 지옥으로 끌려가 악마 등에게 고통을 받는다 하였다.

그 대목을 떠올리고, 양추선은 어떤 상품의 페널티에 의하여 육체가 사라지지 않았을까 하고 생각했다.

'하지만 그 가설은 달랐어. 앱스토어 고객은 사망 시에 육체를 유지하지 못하고 사라진다. 다만, 사후(死後)에는 어떻게 되는 거지?'

어차피 죽게 되면 육체는 그저 피와 살로 이루어진 고깃덩어리일 뿐이니 별로 상관하지 않는다.

하지만, 문제는 그다음부터다.

'천국이냐, 아니면 지옥이냐. 혹은 아무것도 없는 무(無)이냐, 또는 윤회이냐. 알 수가 없군.'

정보를 알고 싶어도 알 수 없으니 미칠 노릇이었다.

'나중에 돈과 시간이 남는다면 라미아에게 정보를 사서 물어봐야겠어.'

고객이 사후에 어떻게 되는지 궁금하긴 하지만, 아주 급하게 알아봐야 할 정도는 아니었다. 설사 사후에 지옥에 간다 하여도, 지우 자신은 담담히 받아들일 생각이었다.

지구에서 살인은 당연히 범죄다. 타인의 생명을 빼앗고 그 일상을 무너뜨리는 죄의 깊이는 무겁다.

비록 가족을 지키기 위해서라곤 했지만, 고객을 죽였을 뿐만 아니라 김효준과의 싸움으로 난리를 쳐서 무고한 사망자도 나오게 했다. 지우 자신에게도 어느 정도 원인이 있다는 것을 알고 있다.

'죽기 전에 가족을 행복하게 해 주고, 많은 돈을 벌 수 있다면 상관없어. 이미 예전에 맹세했으니까.'

천국이건 지옥이건 두렵지 않다.

진정 두려운 것은 돈을 잃고 아무것도 할 수 없는 무력감이다. 소중한 사람들이 다친 걸 보고 아무것도 할 수 없는 그 지독한 무력감을 다시 느낄 바에는 악마에게 끌려가는 것이 더 낫다.

'좋아, 김효준이 남긴 유산에 대해서 좀 생각해 볼까.'

일렉트로의 일정 한계를 초월하여 얻은 능력, 바사비 샤크티. 이 기술에 인하여 김효준은 죽기 직전까지 갔다.

하지만 그런 그를 포션으로 약간 회복시킨 뒤, 전신 화상으로 얼굴도 알아보기 힘든 김효준을 몰래 로드 양로원 지하 공간에 데려와서 약간 거짓말을 섞어서 협박을 했다.

앱스토어에 대한 정보와 더불어, 백고천이 지니고 있던 상품을 빼앗은 것처럼 김효준의 상품 또한 가져오고 싶어서였다.

'아쉽게도 김효준이 남긴 유산에서 가져온 건 앱스토어 상품 하나. 그는 대부분 앱스토어를 자신을 꾸미고 강화하

는 데 썼어. 가창력을 높여주거나, 혹은 소정 씨처럼 아우라를 개화시켰지…….'

생각해 보면, 과거에 양추선은 지우가 여러 사업체를 지니고 있는 걸 매우 놀라워했다.

그리고 앱스토어를 돈 버는데 쓴 것 자체를 신기해 했으며, 파나세아를 구입한 백고천에 대해서도 신도를 모아서 돈을 벌 생각을 한 것이 감탄스럽다 했다.

즉, 그 이야기는 자신 외에 고객들은 웬만하면, 아니 대부분은 자신의 능력을 꾸미는 데 힘썼다는 의미다.

그 때문인지 김효준에게도 도구로 남은 상품은 하나밖에 없었다.

'그나저나, 죽으면 재산을 사회복지금으로 모두 기부하겠다니. 생각보다 나쁜 놈은 아니었단 말이야.'

뉴스를 보고 안 사실인데, 김효준은 마치 자신이 죽을 것이라는 걸 예상했듯이 재산을 모두 기부하겠다고 유서를 써두었다고 한다.

그 덕분에 대한민국뿐만이 아니라, 세계 곳곳에서 김효준을 추모하면서 위인이라고 칭송하고 있었다.

한류 스타에 오르면서 번 돈이 제법 많았기 때문이다.

자신이라면 결코 할 수 없는 행위다.

물론 그렇다고 그가 요 몇 년 동안 연예인들에게 성 접대를 강요하고, 그걸 보며 쾌락을 느낀 행위가 용서되는 것은 아니지만 말이다.

'혹시 김효준은 죽은 뒤에 연예인으로서, 스타로서 명예가 더럽혀지는 걸 두려워했던 건 아닐까. 자신의 꿈에 대해 제법 집착했으니까.'

비록 조금 일그러지긴 했으나 꿈에 대한 열망과, 그 철학만큼은 윤소정에게 뒤지지 않을 정도였다.

물론 이 또한 지우 본인의 개인적인 추측일 뿐이다.

그 진실은 본인만 알리라.

우우웅.

생각에 한참 잠겨 있을 때, 손에 쥔 스마트폰에서 진동이 전해져왔다.

액정 화면을 확인한 지우는 기다렸다는 듯이 전화를 받았다.

"예, 접니다."

— 대표님, 박영만입니다.

마침 기다렸던 소식을 박영만이 들고 왔다. 그 목소리를 들어보니 왠지 모르게 들뜬 느낌이 묻어났다.

"말씀하세요."

— 방금 전에 막 SU 엔터테인먼트의 심성악을 만나고 오는 길입니다.

"어떻게 됐습니까?"

참고로 김효준을 협박해 얻은 것 중에서, 방송화류협회에 대한 물질적 증거 등이 저장된 USB도 얻었다.

방송화류협회 뒤에 김효준이 있을 줄은 상상도 하지 못했지만, 그래도 그가 흑막으로 있었던 덕분에 윤소정의 부탁을 단번에 해결할 수 있게 됐다.

— 심성악이 그렇게까지 당황하는 모습은 처음 봤습니다. 자료를 조금 보여주자마자 얼마에 팔겠냐고 헐레벌떡 물어보더군요.

사고가 터진 뒤, 지우는 급한 일만 겨우 해결하고 곧바로 입원했기에 이 USB를 처리할 시간이 남아 있지 않았다.

그래서 대리인인 박영만을 내세워서 사건을 해결하기로 했다.

"그럴 만도 하죠. 그거 하나에 심성악은 물론이고 SU 엔터테인먼트 자체가 파멸할 테니까요. 조건을 잘 제시했나요?"

— 예. 1억 원과 더불어, 더 이상 성 접대 강요를 하지 않겠다는 약속을 받아냈습니다. 연예계에서 최대로 영향력

을 끼치는 SU 엔터테인먼트가 금지시킬 테니, 성 접대는 이제 급속도로 줄어들 겁니다.

"그 돈은 회사 자금으로 쓰도록 하세요. 수고하셨습니다."

— 감사합니다!

박영만의 목소리에는 흥분과 존경심이 묻어나 있었다.

단순한 아부 따위가 아니라, 진심이 느껴졌다.

하기야, 그러는 것도 이상한 것이 아니다.

세이렌 엔터테인먼트의 CEO, 박영만은 예로부터 성 접대를 강요하는 잘못된 연예계를 싫어하는 걸 넘어 살짝 혐오하는 수준이었다.

헌데 지우가 직접 나서서 이 일을 해결했으니, 비록 나이가 어리다고 해도 그 행동이 존경스러운 것이다.

"지우야!"

"응?"

전화를 끊자마자, 병실 문이 열리면서 그의 가족들이 들어왔다. 걱정 가득한 아버지와 어머니, 그리고 지하였다.

"오셨어요?"

"몸은 좀 어떠니? 좀 괜찮아졌어?"

지우가 사고에 휘말린 소식을 듣자마자 제일 먼저 한걸

음에 달려온 것은 당연히 가족들이었다.

감정 표현이 서툰 아버지조차, 파리한 안색으로 살짝 눈물을 흘린 걸 본 지우는 양심이 좀 찔렸다.

'사실 다친 거 아닌데.'

의심을 피하기 위해서 조금 다쳤다고 공표했을 뿐이다.

의사 또한 크게 다치지 않고, 약간의 타박상만 있을 뿐 며칠 푹 쉬면 나을 것이라 말했다.

아니, 도리어 일반 사람보다 무척 건강하다고 어이없는 표정을 지을 정도였다.

"괜찮아요. 의사 선생님이 말했던 것처럼 크게 다친 게 아니니까요. 봐요, 멀쩡하잖아요?"

지우는 씩 웃으면서 오른팔로 알통을 보여줬다.

트랜센더스 덕분에 육체적 능력을 초월한 그의 상체에는 잘 단련된 이두박근이 보였다. 다만 무식하게 크기만 하여 둔해 보이는 것이 아니라, 날렵하고 탄탄하게 단련된 근육의 모양새였다.

"휴우, 그렇다면 다행인데……."

자식이 아무리 괜찮다고 해도, 어머니의 마음으로서는 불안하기만 하다. 혹시나 크게 다쳐 놓고, 걱정을 끼치기 싫어서 거짓말을 하는 건 아닐까 생각됐다.

"엄마, 걱정할 필요 없어. 오빠, 정말 괜찮은 것 같아."

"응?"

뒤에서 두 모자를 지켜보고 있던 딸, 지하가 반달마냥 휜 무심한 눈매로 말했다. 다만 그 표정에는 어딘가 모르게 안도감과 확신이 묻어 있었다.

그 말을 들은 어머니가 머리를 옆으로 갸웃, 하고 기울이면서 딸에게 물었다.

"그걸 어떻게 아니?"

"……그냥. 오빠가 걱정 안 끼치려고 무리하게 웃는 모습은 종종 티가 나는걸."

"그래? 관찰력 좋은 지하가 그렇게까지 말한다면……."

확실히 환자 본인을 보면 안색이 환하기도 하고, 담당의도 걱정할 것 없다고 하였다. 게다가 딸도 이렇게까지 말하니, 괜한 걱정일 수도 있다.

"그나저나 지우야. 요 근래 정말 유명하더구나. 회사에 가서 네 이야기가 종종 나오면 놀라곤 한단다. 너에 대해 아는 내 상사들도 장한 아들 키웠다며 말도 걸어오고."

맨 뒤에 서 계시던 아버지가 은은하게 웃으면서 말을 걸어왔다. 이에 지우는 아하하, 하고 쓴웃음을 지었다.

카페, 연예소속사, 노인복지시설 등의 대표 이사로 있는 그의 이름은 이미 대한민국 전체에 알려졌다.

비록 얼굴이 모두 알려지지는 않았지만, 가족들과 친한 주변 사람들은 지우에 대해서 잘 알고 있었다.

"호호호! 맞아, 맞아. 내 친구들도 아들 딸 정말 잘 됐다면서, 어떻게 키웠냐고 묻곤 하더라."

이에 어머니는 자식 자랑에 무척 기분이 좋은 듯, 입을 가리고 주책맞은 아줌마처럼 웃어 댔다. 눈이 초승달 모양으로 휜 걸 보면 진심으로 기뻐하는 듯했다.

"자랑하는 건 좋지만 너무 재수 없게 자랑은 하지 마세요. 그럼 뒤에서 욕먹어요."

자랑스러워하는 부모님의 모습을 보고 그 장본인 역시 매우 뿌듯하였다.

평생 동안 아들과 딸을 위해서 일상조차 포기하고 열심히 살아오신 부모님이 이렇게 기뻐하시니 안 좋아할 수가 없다.

똑똑똑

"응?"

가족들과 화목한 시간을 보내는 한때.

누군가가 병실 바깥에서 노크했다.

"들어오세요."

중환자실도 아니기에, 병문안은 비교적 자유로웠다. 물론, 기본적으로 취재 목적 등의 기자들은 모조리 거절하고 있었다.

즉, 기본적으로 이곳에 병문안을 올 사람들은 개인적으로 친분이 있는 사람들뿐이라는 의미였다.

"어머, 수진이 아니니?"

과일 바구니를 손에 쥐고, 병실 문을 연 방문객을 보자마자 어머니가 김수진을 알아보고 두 눈을 휘둥그레 떴다.

"앗, 안녕하세요. 아주머니. 오랜만이요. 아저씨도 오랜만이네요."

김수진도 부모님을 곧장 알아보시고 허리를 숙여 공손하게 인사했다.

대학교 일학년 때부터, 친분을 쌓아와 거의 유일한 것이나 다름없던 친구가 김수진이다. 그러다 보니 지우의 가족들과도 제법 그럭저럭 알고 있는 사이이기도 한 김수진이었다.

"그래, 수진이구나. 오랜만이다."

아들의 친구가 왔는데도, 아버지는 여전히 감정 표현이 굉장히 서툰 얼굴로 무뚝뚝하게 인사했다.

"역시 수진이밖에 없어. 안 그래도 입원한 지 며칠 됐는데도 병문안이라곤 우리나 회사 사람들밖에 오지 않으니 걱정했는데. 네가 와서 정말 다행이다."

김수진의 얼굴을 본 어머니는 안도의 한숨을 내쉬었다.

그러곤 무언가 떠올린 듯, 갑작스레 음흉한 웃음을 흘리면서 아버지와 지하의 목덜미를 양손으로 낚아챘다.

"호호호. 아무래도 우리가 있으면 대화하기 좀 불편하지?"

"네? 아, 아니에요!"

"괜찮아, 괜찮아. 우린 나가 있을게!"

예전에 교통사고를 당하신 뒤, 포션을 복용하고 웬만한 사람들보다 더 건강해진 어머니다.

그녀는 괴력 같은 힘을 발휘하여 무표정한 부녀를 질질 끌고 병실 바깥으로 쏜살같이 나갔다.

그 모습을 본 김수진은 얼굴이 토마토처럼 시뻘겋게 달아올라, 어찌할 줄 모르고 문 앞에서 주춤거렸다.

"뭐야, 과일 가져왔으면 빨리 내놔. 그렇지 않아도 공짜 병문안 선물을 기다리고 있었어."

"그 뚫린 입이 여전한 거 보면 아무래도 멀쩡한 것 같네."

김수진은 어이없는 듯이 웃더니, 지우의 침대 앞에 자리를 차지한 의자에 앉았다.

그리고 침대 옆의 직사각형 탁자 위에 과일 바구니를 올려두고, 귤을 까서 지우에게 건네며 입을 열었다.

"아주머니가 말하는 걸 보면 여전히 커뮤니케이션은 절망적인 모양이네. 사람 좀 사귀고 그래라. 이 누나는 걱정이에요."

"누가 누구 보고 누나래?"

건네받은 귤을 입 안에 하나 집어넣으며, 지우는 피식하고 웃었다. 나름대로 오랫동안 사귄 친구의 방문에 마음이 편안해지는 그였다.

"……그나저나, 몸은 정말 괜찮은 거야? 화상이라거나 남은 건 아니고?"

"멀쩡하다니까. 날 뭐로 보는 거……."

가벼운 농담으로 답변하려던 그는 말을 멈췄다.

의자에 앉아서 웃음기 하나 없이 걱정이 떠오른 얼굴로 진지하게 자신을 쳐다보고 있는 김수진을 보니 농담을 할 때가 아니라는 걸 깨달았다.

그녀는 처음 말을 건넸을 때는 살짝 농담을 던졌지만, 지금은 정말로 자신을 무척 걱정하고 있는 모습이었다.

상대가 이렇게 직접적인 선의로 걱정하는 모습을 보자,

금세 마음이 불편해진다.

　이에 지우는 한숨을 푹 내쉬더니, 뒤통수를 긁적이며 어색한 목소리로 이성 친구의 걱정에 답했다.

　"폭발이 터졌을 때 나는 파티장에 있었어. 그리고 직원들 안내에 따라서 무사히 피신했고. 다쳤던 것도 약간의 타박상뿐이야."

　"타박상? 어디?"

　김수진은 미간을 살짝 찌푸리고, 눈동자를 이리저리 굴려 지우의 몸 곳곳을 훑어봤다.

　그 시선에 그렇지 않아도 거짓말 때문에 양심이 찔린 지우는 급하게 손사래를 치면서 답했다.

　"타박상이라 하기 민망할 정도로의 상처야. 대피 도중에 어디에 긁힌 정도니까. 지금은 다 나았어."

　"그래……? 다행이다."

　김수진은 그제야 큰 가슴에 손을 올려두고, 안도의 한숨을 내쉬었다.

　그 모습이 마치 맨 처음 의사에게 소식을 듣고 안도한 가족들의 모습과 겹쳐 보였다.

　"나 참, 난 또 뭐라고. 괜한 걱정을 한 내가 손해잖아."

　그녀는 양 볼에 살짝 바람을 부풀고, 뾰로통한 표정을 지었다.

"그럼 내 졸업식에도 올 수 있겠네. 이 누나는 졸업 선물을 많이 기대하고 있으니까, 잊지 마?"

"아! 졸업식!"

그러고 보니 까맣게 잊고 있었다.

노인복지사업이다, 방송화류협계다, 김효준이다 뭐니 여러 일이 겹치면서 졸업식에 대해서 망각하고 있었다.

"뭐야, 설마 잊어먹고 있었던 건 아니겠지?"

지우의 반응을 본 김수진이 눈초리를 사납게 치켜세우며 이번에는 표독스러운 표정을 지었다.

"그, 그럴 리가. 입원 수속이다 뭐니 해서 잠시 잊은 것뿐이야. 꼭 갈게, 졸업식."

황급히 손사래를 치면서 그녀를 진정시키기 위해서 노력했다. 그 모습이 마치 여자 친구의 기념일을 잊은 남자 친구와 비슷한 모양새다.

"그럼 됐어. 그럼 몸조리 잘하고 있어. 조금 있으면 아르바이트할 시간이라 이만 가 볼게."

김수진은 입가에 미미한 미소를 짓더니, 자리에서 일어나고 주름이 잡힌 치마를 정돈하고 몸을 돌리려했다.

떠나가려는 김수진을 보고 지우가 흠칫하고 놀라 자기도

모르게 말을 걸었다.

"수진아."

"응?"

김수진이 의문이 깃든 눈으로 지우를 내려다봤다.

"아무것도 안 물어봐?"

"뭐가?"

"그……아니야, 아무것도."

말을 꺼내려다가 만 지우는 머리를 좌우로 절레절레 흔들었다.

'수진이도 남들처럼 나를 대하는 태도가 바뀔까?'

예전의 김수진은 자신이 로드 카페의 대표라는 걸 밝혔는데도 전혀 믿지 않았다.

확실히 그녀가 알고 있던 정지우라는 인간은 그렇게까지 대단한 능력도, 재능도 없는 사람이었으니까 말이다.

하지만 그것도 나쁘지 않다고 생각했다.

스무 살에 막 들어섰을 무렵, 처음으로 친구라 할 수 있게 사귄 사람이었다. 비록 동성이 아니라 이성이긴 해도 성격 등이 알맞고 잘 통하던 사이였다.

누군가 가족 다음으로 소중한 사람이 누구냐고 물어보면 주저하지 않고 김수진의 이름을 꺼냈을 것이다.

정지우는 그것이 깨질 것을 조금 두려워했다.

로드 카페의 대표가 되고, 이후 사회적 지위가 높아지고 유명해지면서 초등학교, 중학교, 고등학교 시절에 '친구'라는 사람들이 연락을 해 왔다.

하지만 그들은 '정지우'라는 인간과 잘 맞고, 정말 친하다고 생각해서 연락을 해 온 것이 아니다.

만약 진정 친구라고 생각될 만한 사람들이었다면 진작에 연락을 하면서 앱스토어를 손에 넣기 전, 김수진처럼 알고 지냈을 것이다.

즉, 그렇다는 건 이들은 정지우라는 인간의 돈과 능력, 그리고 사회적 지위와 배경 등을 노리고 이익을 위해서 연락해 온 것이다.

그 광경이 보기 싫어서, 마음에 들지 않아 이후 날아오는 연락을 모두 칼날처럼 거부했다.

상대할 가치도 없다고 생각했다.

다만, 김수진도 그런 부류가 아닐까 두렵기 시작했다.

만약 지금의 이 관계가, 예전이 아니라 이익으로만 이뤄진 것이라면 자신의 성격상 관계를 유지할 자신이 없었다.

'그래, 차라리 모르고 있는 편이 나을지도.'

속으로 씁쓸하게 웃는 지우였다.

"야."

"으어허엉?"

지우가 깜짝 놀라 바람 새는 소리를 냈다.

뭐하는 짓이냐고 물어보려 했지만, 어느새 눈앞에 다가온 김수진이 뚱한 표정으로 자신의 볼을 잡아당기고 있어 제대로 된 말을 할 수 없었다.

"네 얼굴을 보니 대충 무슨 생각하는지 알 것 같네. 한 번 더 그런 실례적인 생각하면 가만 안 돼."

"으어으어?"

"난 네가 걱정하는 것처럼 나쁜 사람은 아니야. 툭 까놓고 말해서 네가 생각하는 그런 부류였으면 진작에 난 너랑 안 다녔어. 그 증거로 한참 무능력했던 너랑 잘 다녔잖아?"

"무흐려? 이 논이!"

부들부들 떨며 거세게 반발하려는 지우였다.

그 모습을 본 그녀는 피식 웃고, 볼 위에 올려 둔 손을 떨어뜨리고 다시 몸을 돌려 병실 문으로 발걸음을 옮겼다.

"네가 옛날에 나라는 사람을 그대로 봐준 것처럼, 나도 너라는 사람을 그대로 보고 있을 뿐이야. 너 같은 남자, 받아주는 사람도 나밖에 없을걸?"

"욕인지 칭찬인지······."

지우가 잡힌 볼을 손바닥으로 매만지면서 가볍게 툴툴거
렸다.

　이에 김수진은 뒤를 돌아보지도 않고, 손을 흔들어 결국
병실 바깥으로 나갔다.

　그녀가 떠나간 자리를 피식, 하고 웃는 얼굴로 바라보고
있던 지우였다.

　병실 밖.

　주변에 아무도 없는 걸 확인한 김수진은 바깥으로 나오
자마자 벽에 이마를 기대고 부끄러움에 부들부들 떨었다.

　얼굴도 모자라, 귓불과 목까지 뜨거운 열로 가득했다.

　"너라는 사람을 그대로 보고 있을 뿐이라야?"

　그녀는 벽을 주먹으로 쿵쿵 치면서 부끄러움 때문에 사
람이 죽을 수 있다는 걸 깨달았다.

　'죽고 싶다아아……!'

제2장

사원의 유급 휴가를
책임져라!

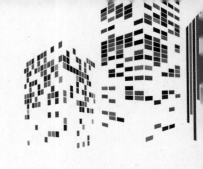

　며칠 뒤, 의사에게 퇴원하도 좋다는 ― (애초에 당일 퇴원해도 상관없었다.) 이야기를 들은 지우는 수속을 밟고 병원 바깥으로 나왔다.

　당연히 세븐 스타 화재 사건이 워낙 크다보니, 관계자와 조금이라도 인터뷰하고 싶었던 취재진들이 성벽처럼 버티고 있었지만 그는 텔레포트로 취재진이 없는 곳으로 유유히 빠져나갔다.

　정문도 모자라서 혹시 몰라 후문도 지키고 있던 기자들 입장에선 귀신이 곡할 노릇이었다.

어쨌거나, 병원에서 푹 쉬고 앞으로 무엇을 해야 할지 나름대로 생각을 끝낸 지우는 일단 세이렌 엔터테인먼트로 발걸음을 옮겼다. 윤소정에게 의뢰가 잘 끝났다고 알려 줄 생각이었다.

"어서 오십시오, 대표님!"

"여기 걷기 쉽게 융단을 깔아 두었습니다. 혹시 근처에 귀찮게 말을 거는 기자는 없었는지요? 말씀만 해 주신다면 바로 가서 족쳐오겠습니다!"

"앗, 오늘은 선글라스를 착용하지 않고 오셨군요. 과연 대표님입니다. 얼굴을 보이시니 지구가 흔들릴 정도로 눈부신 외모가 영향을 끼치고 있습니다. 으윽!"

예전 일이 있어서 그랬을까, 지우가 도착하자마자 건장한 체격의 경비들이 쏜살같이 달려와서 아부를 떨었다.

"어허, 이렇게까지 해 주실 필요는 없는데……전 눈에 띄는 걸 싫어하는 사람입니다!"

앱스토어의 고객들에게만 통용되는 사실이다.

만약 그들이 없었다면 옷에다가 '정지우'라고 이름을 쓰고 광고하고도 남을 인간이었다.

덕분에 경비들의 알맞은 아부는 정확하게 들어맞았다.

건드리면 베일 정도로 코를 오똑하게 세운 지우는 흐흐,

하고 음흉한 웃음소리를 내면서 기분 좋은 기색으로 윤소정이 있는 개인 집무실로 향했다.

세이렌을 다시 세운 일등 공신이며, 김효준이 죽은 이후로 다음 한류 스타 후보로 유력한 윤소정이기에 그 대우부터가 남달라서 집무실이 있을 뿐만 아니라, 그 공간 자체가 휘황찬란하기도 하다.

"지우 씨, 어서 오세요. 몸은 괜찮으세요?"

미리 연락을 받고 기다리고 있던 윤소정이 지우에게 다가오며 걱정스러운 모습으로 물었다.

"전화로 말했던 것처럼 멀쩡하니까 걱정하지 마세요. 게다가 제 병문안을 온 박영만 씨에게도 들었잖아요?"

"그것도 그렇지만……병문안을 못 가서 죄송해요."

윤소정이 어깨를 축 늘어뜨리며 자괴감이 듬뿍 첨가된 목소리로 중얼거렸다.

그걸 본 지우가 신경 쓰지 않는다는 듯 제스처를 취했다.

"괜찮습니다. 그렇지 않아도 소정 씨는 데뷔했을 때 저랑 스캔들 의혹 나셨잖아요. 박영만 씨가 세이렌 대표로 병문안을 왔는데도 소정 씨가 오면 모습이 이상해요. 게다가 소정 씨는 한창 잘나가고 있어서 바쁘잖아요."

"그건 그렇지만……."

"괜찮아요. 너무 신경 쓰지 마세요. 그나저나, 그……엑스인가 제트인가 하는 그룹 일은 잘 해결됐나요?"

방송계 전체에 뿌리내린 악습관을 처리하기로 마음먹게 된 연유가 바로 윤소정의 부탁 때문이다.

퇴원하자마자 세이렌을 찾아온 것도 이 일이 신경 쓰여서 그렇다.

"아, 네. 그거 관련으로는 정말 감사드려요. 자세한 건 듣지 못했지만, 사장님이 지우 씨 덕분에 접대 강요가 거의 사라졌다고 말씀해 주셨어요. 얼마 전에 직접 찾아가보니 그 아이들 얼굴에도 웃음이 걸렸더라구요."

"그렇다면 다행이네요."

"대체 어떻게 하신 거예요? 사장님께 물어봐도 웃으시면서 말해 주시지 않으시고……."

방송화류협회를 폐회시키고, 앞으로도 이런 일이 없도록 비밀 유지를 약속했으니 말해 줄 수 있을 리가 없었다.

그 물음에 지우는 언제나처럼 씨익하고, 자신감이 뒤섞인 기분 나쁜 미소를 보여주며 대답했다.

"글쎄요, 다들 개심했나보죠. 뭐."

*　　　*　　　*

윤소정의 의뢰를 비롯하여 여러 가지 일을 해결했다.

이걸로 앞으로 처리할 일은 하나밖에 남지 않았다.

바로 또 다른 고객, 강태구의 존재다.

'양추선과 김효준을 모아서, 동맹을 형성한 인물은 강태구다. 두 미친놈년들을 데려와서 조율하고, 다른 고객을 보고 같은 편으로 만들려고 한 걸 보면 머리도 제법 돌아가는 놈일 거야. 상대하기 껄끄러운 인물이다.'

영화나 소설을 보면, 항상 이런 머리 쓰는 적이 성가시고 짜증 나고 속을 긁어내는 법이었다.

실제로 강태구라는 인물을 본 적은 없었지만 벌써부터 경각심을 세우게 하고 있었다.

'김효준은 앱스토어의 정보 구매를 이용해서 강태구에 대해서 알려고 했지만 그는 기다렸다는 듯이 돈을 써서 정보 조사를 제한시켰어. 최소 등급은 미들.'

미들 등급이라는 건, 기본적으로 앱스토어에서 백 억 이상의 가치가 있는 상품을 구입했다는 것. 그만큼 쉽게 볼 수 없다는 의미였다.

특히 양추선이나 김효준의 말을 추정하자면 강태구는 돈을 버는 도구가 아니라, 초능력이나 무공 등 자기 개발에 관련된 상품을 구입했을 터. 더더욱 쉽게 볼 수 없다.

'강태구라는 이름을 조사해봤지만, 백 억을 쉽게 낼 정
도로의 사회적 지위의 사람이나, 부자는 찾을 수 없었어.
몸을 숨길 줄 아는 놈이다.'

생각하면 생각할수록 귀찮은 놈이다.

'이렇게까지 숨으면 돈을 물 쓰듯이 써서 정보를 구매하
는 수밖에 없어. 어차피 놈은 나에 대해서 알고 있으니, 알
아서 찾아오거나 할 거야. 강태구가 나보다 돈이 없다면 상
관없지만, 그렇지 않는다면 나만 손해를 볼 뿐이다.'

효율적이지 않다는 걸 깨닫자마자 지우는 빛의 속도로
결정을 내렸다.

'그 대신 나도 이제부터 무력을 성장시켜야해. 언제든지
싸울 수 있도록, 그리고 가족을 지킬 수 있도록.'

가늘게 떠진 눈매 속에서 섬뜩한 빛이 뿜어져 나왔다.

'솔직히 김효준과 싸울 때도 조금 밀리는 감이 있었어. 김
효준이 능력을 운용하는 걸 보지 못했다면 내가 졌을 거야.'

김효준과 싸우면서 다치지 않은 건 아니었다.

아무리 트랜센더스라는 초능력이 꽤나 최상승의 상품이
긴 하지만, 절대적이지는 않다. 특히 그걸 최근에 느꼈다.

일렉트로의 능력을 성장시키고 한계를 초월할 수 있었던

건 솔직히 이 두 능력이 우연찮게 시너지 효과를 냈을 뿐이었다. 그 이상 그 이하도 아니었다.

이번처럼 우연이 겹치지 않는다면, 이 이후로 무언가 힘의 성장을 기대하기가 힘들었다.

또한 아무리 육체적 한계를 넘어, 게임으로 치면 '방어력'이라는 능력 자체가 올랐다 해도 파이로키네시스를 모두 막아내는 건 불가능했었다.

몸을 굴리며 불을 피하고, 텔레포트로 회피했을 뿐이었다. 실제로 김효준과 싸우면서 그는 생각보다 많은 데미지를 입었다.

병원에 입원하기 전 지우가 멀쩡한 모습이었던 것은 파나세아로 제조한 포션 덕분이었다.

'가족들뿐만 아니라, 나를 위해서도 쓸 수 있어. 과연, 파나세아. 삼백 억 가치를 하는구나.'

비록 엘릭서는 만들 수 없지만, 그래도 치명상을 피해서 포션을 복용하면 대부분 상처는 치유해 준다.

이는 지우에게 있어 크나큰 강점이었다.

'좋아, 강태구가 움직이기 전까지는 무력을 성장시키는 데도 좀 더 쓰기로 하자. 그다음 할 일은⋯⋯.'

복잡하게 얽혀 있던 일을 해결하자, 머릿속이 깨끗해졌

다. 마음까지 맑아지는 기분이다.

"역시 돈을 버는 일이지!"

정지우 가라사대.

강해지려면 돈을 벌어라.

무력 또한 금력(金力)이다.

"음반 사업은 알아서 돌아가고 있고, 슬슬 수입이 얼마 정도 나오는지 확인하면 되네. 양로원은 아직 시작한 지 별로 안 됐고……그럼, 오랜만에 카페나 확인하고 와야겠어."

로드 카페야, 솔직히 이제 손을 대지 않아도 될 정도로 잘 운영되고 있었다.

본점의 지점장이자, 요정 직원들을 이끌며 은근히 우두머리 역할을 하고 있는 님프 덕분에 걱정할 것 없다.

분점의 경우도 대기업 차기 후계자로 손꼽히는 한소라가 나름대로 영업을 도와주고 있었다.

하지만 이 때문에 안 찾아간 지 워낙 오래돼서, 슬슬 한 번쯤 확인할 필요성이 있었다.

님프나 한소라를 믿지 못하는 건 아니었지만, 사업체에 관심이 없으면 생각지도 못한 일이 벌어지는 법.

"음. 본점부터 찾아가 봐야겠어. 돈만 주면 제대로 일하는 님프지만, 그 여자가 혹시 손님들을 패거나 하면 곤란하니까 말이야."

종족 불문하고 타인에 대한 끝없는 불신!

부하 직원을 지독하게 안 믿는 인간이라 할 수 있었다.

*　　　*　　　*

로드 카페, 본점.

구로디지털단지.

외국 브랜드까지 위협할 정도로, 국내에서 최대 규모는 아니지만 인지도나 매출액만큼은 최고라 칠 수 있는 브랜드. 로드 카페의 본점에는 항상 사람들도 바글바글하다.

심지어 로드 카페에 대한 소문을 듣고, 아메리카 대륙의 한 커피 애호가가 먼 땅에서 찾아올 정도며, 그중 제일 먼저 혹은 마지막으로 들리는 곳이 바로 이 본점이었다.

구로디지털단지의 상권이 로드 카페 덕분에 크게 성장했다고 극찬해도 부족하지 않을 정도였는데, 이는 결코 과장이 아니었다.

로드 카페의 명성을 듣고 오는 사람들의 발걸음이 많아지다 보니, 자연히 근처 상권에도 영향을 끼쳐 주변 상인들은 행복에 겨워 비명을 지를 정도였다.

덕분에 구로디지털단지의 땅값은 입이 떡 벌어질 정도로 무시무시한 속도로 올라가고 있었다.

물론 그렇다고 모두 로드 카페를 좋아하는 건 아니었다.

같은 경쟁사인 카페 계열, 체인점을 연 사장들은 로드 카페 때문에 울상이었다. 다들 줄을 서서 기다릴 정도로 로드 카페로 향하기 때문이었다.

그렇지 않아도 대한민국에는 카페가 정말 많다. 심하면 바로 건너편에 있을 정도로 상당하다.

덕분에 그 주변 카페는 모조리 파리만 날렸고, 로드 카페의 '로' 자만 들어도 이를 부득부득 갈았다.

실제로 로드 카페의 인기 때문에 근처에 있는 카페 대다수가 문을 닫기도 했다.

"역시 로드 카페야. 이 커피를 마시지 않으면 하루를 시작할 수가 없어!"

"응. 피로가 싹 가시는 느낌이라니까."

"마약 조사를 받은 것도 이해가 안 가는 건 아니야."

정말 웃지 못할 이야기긴 하지만, 로드 카페는 경찰당국에서 혹시 마약을 넣은 건 아닌지 조사를 받은 적 있었다.

각성 효과를 넘어, 피로 회복과 고도의 정신 집중까지. 사실 그동안 의심을 받지 않는 것이 이상했다.

하지만 당연하게도 마약 판정은 받지 않았다.

기적을 일으켜주는 앱스토어의 메커니즘. 그걸 일반인들은 찾아낼 수 없으며, 설마 찾아낸다 해도 알아볼 수가 없었다.

참고로 이 사건 때문에 각종 브랜드 카페의 사업자들이 나서서 마약이 맞을 거라며 설레발쳤지만, 조사 결과 그렇지 않아 '로드 카페가 뇌물을 줬다!' 라는 등의 터무니없는 말이 나오기도 했다.

"분명 마약일 거야! 그렇지 않으면 그렇게까지 중독성이 있을 리가 없어!"

"우리 고객들이 비록 카페인 중독자이긴 하지만, 어떻게 한 커피만 그렇게 원할 수 있어? 응? 그게 말이 돼?"

"그걸 마시게 되면 나중에 부작용으로 뇌가 녹는다거나 그럴 거라고!"

경쟁자들은 경찰 당국와 로드 카페를 크게 비난하고, 온갖 음모론을 꺼냈지만 상관없었다.

과학적으로 철저하게 조사한데다가, 커피를 마시고 부작용이 나왔다는 사람이 없었으니 전혀 문제 될 것이 없었다. 결국 그들은 눈물을 흘리며 장사를 접어야했다.

"하하하, 경쟁자가 사라지니 아주 속이 시원하구나! 그래, 사업이란 건 독점해야 제 맛이지!"

악덕 중의 악덕!

경쟁사를 하나도 빠짐없이 없애려는 남자!

악마 중에서도 제일 질이 나쁜 편에 속했다.

만약 죽는다면 죄에 대한 심판을 받을 필요도 없이, 지옥 중에서도 가장 깊숙한 곳에 수감될 것이 틀림없다.

"안녕하세요, 님프 씨."

대기실에 앉아서 맥주 캔을 쥐고 야구를 시청하고 있던 님프는 언제나처럼 흥미 없는 눈동자를 굴려 인사를 한 지우를 힐끗 쳐다봤다.

"베타."

"예?"

"아우라를 말하는 거야."

"아아."

지우가 이해한 듯 머리를 끄덕였다. 그리고 대기실에 아무렇게나 놓여 있는 의자에 앉아서 입을 열었다.

"제가 지닌 초능력 덕분에 아우라를 개화했어요. 알파에서 베타로 넘어가긴 했는데, 조절하는 건 힘들더라고요."

"너에게 그런 타고난 재능은 없었으니……억지로 단계를 뛰어넘었나?"

님프의 생각대로였다.

그가 아우라를 개화했던 사실을 안 것도 별로 되지 않았다.

최초는 아마도 노행 양로원 관련으로 약간 화가 났을 때였을 것이다. 그때 무언가 변하는 느낌으로 남들을 압도할 수 있는 분위기 같은 걸 형성할 수 있었다.

확실하진 않지만, 님프에 말에 의하면 자신에게 그런 선천적인 힘 따위 없었으니 아마 이것도 트랜센더스 덕분일 것이다.

"시간이 남는다면 조절 방법에 힘을 쓰는 게 좋을 거야. 그렇지 않으면 영영 조절할 수 있는 방법을 모를 테니까."

"조언 감사드립니다."

"그나저나 신수가 훤한 걸 보니 나도 마음이 편해지네. 누군 이렇게 뼈 빠지게 하루도 쉬지 않고 일하고 있어서 불행한데, 상사가 꿀 빨고 있는 걸 보니 내가 다 꿀 빠는 느낌이야."

님프가 미미하게 입꼬리를 올려 웃었다.

당연하지만, 이죽거림 반 비웃음 반이었다.

그런 님프를 보고 지우는 어색한 웃음을 흘렸다.

'생각해 보니 님프 씨에게 제대로 된 휴가를 한 번도 주

지 않았구나. 슬슬 불만이 생길 만도 하네.'

휴무 하나 없는 극한 직업!

만약 직원들이 요정이 아니라 인간이었다면, 고용노동부에 신고 받고도 남는 일이었다.

내심 양심이 찔린 그는 인심을 쓰기로 했다.

"그럼 제가 유급 휴가 10일 드릴게요. 그동안 고생하셨고, 열심히 실적도 쌓아주셨으니 특별히 주는 겁니다."

그동안 휴가, 아니 휴일이라고는 하나도 주지 않았는데 이제 와서 온갖 유세는 다 떠는 악덕 인간이었다.

"호오오!"

툴툴거리면서 온갖 불만을 떨어대던 님프는 유급 휴가란 말에 반색하며 환하게 웃었다.

저렇게까지 환히 웃는 것은 거의 최초가 아닐까, 하는 생각이 들 정도로 기뻐 보인다. 웬만한 남자들은 모두 그 웃음에 정신을 차리지 못할 정도의 파괴력이다.

그 웃음을 본 지우는 살짝 멍한 표정을 짓고는 속으로 감탄했다.

'과연, 인간이 아니라 요정답구나. 평소에는 뭐 씹은 얼굴이라 잘 느껴지지 못했지만, 저렇게 가끔 웃으면 심장이 떨린단 말이지.'

괜히 로드 카페를 찾아오는 사람들이 커피 외에 요정들을 보러 오는 것이 아니다.

요정 직원들을 보면 다들 미모가 대단하긴 했지만, 그중에서도 님프는 유난히 독보적이었다.

'후, 그래. 역시 경영자라면 직원 복지에 힘을 써야하는 법이지. 님프 씨가 이렇게 기뻐하니 나도 다 좋구나.'

님프가 마시던 술도 내려놓고, 미미한 미소를 보이며 기뻐하는 것을 보고 나름 뿌듯해진 지우였다.

"그럼, 님프 씨가 대리로 세울 만한 직원을 알아서 결정해 주세요. 저는 카페가 어떻게 돌아가는지 대충 보기도 했고, 이만 가 보겠습니다."

지우는 손을 흔들어 인사한 뒤, 몸을 돌려 휴게실에서 이제 막 나가려했다.

하지만 그 발걸음은 님프가 목덜미를 거칠게 낚아채는 걸로 인해서 앞으로 나아가지 못했다.

"커, 컥!"

예상하지 못한 습격에 당황한 지우는 목덜미가 조이자, 두 눈을 부릅뜨고 숨을 가쁘게 쉬었다. 그러곤 상체만을 돌려서 뒷덜미를 잡아채고 있는 님프를 보고 따지듯이 물었다.

"뭐, 뭐하는 겁니까?"

"뭐하긴. 이제부터 날 즐겁게 해 줄 돈줄이 도망가면 안 되지."

"뭐요?"

지우는 순간 두 귀를 의심하였다.

님프가 자신처럼 돈에 환장한 것은 알고 있었지만, 설마 이렇게까지 나올 수는 없다며 속으로 부정하였다.

"유급 휴가 동안 네가 날 먹여 주고 놀아 줘야 하니까."

"예? 제가요? 제가 왜요?"

"사원 복지는 당연히 고용주인 네가 해 줘야하지 않겠어?"

"미친."

얼굴에 철판을 깔고 당당하게 말하는 님프를 보고 질린 듯이 혀를 차는 지우였다.

"그냥 요정계로 얌전히 돌아가셔서 집에 박혀 나오시지 말지 그러세요?"

눈이 돌아갈 정도로 아름다운 미녀의 부탁이긴 했지만, 상대가 상대인지라 대놓고 싫어하는 티를 내는 지우였다.

그러자 님프는 언제나처럼 눈을 게슴츠레 뜨고, 특유의 의욕 없고 무심한 눈동자를 보이며 답했다.

"예전에 한 번 말했었지? 요정들은 지구로 일하러 오는 것을 좋아한다고. 그건 나도 마찬가지야. 요정계에서 푹 쉬는 것도 나쁘지 않지만, 옛 고향 땅에서 느긋한 하루를 보내는 것이 더 괜찮지."

"아아."

기억이 희미하긴 하지만, 님프와의 만남이 별로 되지 않았을 때 그녀는 앱스토어의 이차원고용 시스템이 요정들에게 제법 큰 인기라고 했다.

페이 부분 쪽으로 상당히 괜찮기도 하지만, 님프 같이 지구 출신의 요정들은 지구가 과거의 고향이었기에 나름대로 추억 회상 겸 좋아한다 했다.

"하긴, 그럴 만도 하겠네요. 좋아요. 대신 하루 정도밖에 놀아드리지 못하니까 그렇게 아세요. 저도 바쁜 몸입니다."

"알았어. 그 정도는 나도 양보하지. 하지만 안내는 전적으로 너에게 맡기마."

"특별히 가고 싶으신 곳 있으세요? 아, 혹시 하지만 그리스 출신 요정이시라고 그리스에 데려가 달라는 말은 하지 마세요. 거기까진 무리입니다."

자기 자신한테 조금이라도 피해가 올 것 같은 부분은 귀신같이 기억해내서 캐치하는 지우였다.

"너한테 그렇게까지 큰 기대 안 해. 서울이면 충분해."

　　　　　＊　　　　＊　　　　＊

　두 사람, 아니 한 사람과 한 요정은 카페 바깥 도심으로 목적지를 정하고 나갔다.

　나가기 전, 몇몇 요정 직원들은 그 광경을 보고 짓궂게 웃으면서 배웅해 줬다.

　"데이트 간다!"

　"듣자 하니 카페는 두 사람이 창업했다고 들었어요."

　"예전부터 심상치 않은 분위기던데……."

　"인간과 요정의 사랑이라, 요정왕 때 이후로 처음 아니었나? 잘 기억이 나지 않네."

　돈 때문에 일을 억지로 하는 거야, 라면서 항상 의욕 없던 모습을 보이던 요정 직원들은 거의 처음으로 눈을 반짝이면서 과한 반응을 보였다.

　그 모습을 본 님프는 서늘한 눈매로 그들, 혹은 그녀들을 아래로 굽어보면서 경고했다.

　"내가 돌아와서 너희들 모가지를 모두 꺾은 뒤, 오장육부를 꺼내서 장식하고 싶은 걸 보고 싶지 않다면 입 다물고 하던 일이나 계속하는 게 좋을 거야."

　만약 아이들이 보는 대중 매체였다면, 모두 모자이크 처리를 해야 하지 않을까 싶을 정도로 수위 높은 욕을 내뿜는 님프를 보고 요정 직원들이 얼음처럼 굳었다.

그러곤 이내 모른 척, 못 본 척하면서 시선을 따른 대로 돌리고 슬그머니 뒷걸음질 치며 모습을 감췄다.

"히야, 님프 씨를 보고 생각하는 건데. 아무래도 우리 인류는 요정에게 욕을 배웠지 않았을까 싶네요. 꿈과 희망이 넘치는 어린아이들에게 사실은 '욕'이라는 개념을 선물해 주신 게 아닌가요?"

"쓸데없는 소리하지 말고, 안내나 해."

"안내라고 해도 서울에서 볼 곳은 별로 없어요. 계속되는 공사 현장이라거나, 매연 연기로 가득한 거리를 산책하거나, 우울한 회색빛깔 건물 숲 정도밖에 없는데요."

"다른 건 모르겠지만 네가 날 안내하고 싶지 않은 건 대충 알겠어. 어차피 현대 지구에 많은 기대를 하고 있지 않으니까, 적당히 인간들이 먹는 음식이나 구경시켜줘."

"진작 그렇게 말씀하시지 그랬어요."

제3장

사업가는 돈벌이를 두고
고민한다

　님프가 말한 그대로, 지우는 그녀에게 인기 있는 맛 집 등을 위주로 서울 안내를 해 주었다.

　한겨울은 아니지만, 아직까지 쌀쌀하기에 거리 노점에서 호떡을 사고 근처 벤치에 앉은 두 남녀는 호떡을 입 안에 넣어 맛있게 먹었다.

　"음, 언제나 생각하지만 인간들은 이런 이상하고 맛있는 음식을 잘 만든단 말이지."

　님프는 호떡을 우물우물 씹으면서도, 아직 손에 남은 호떡을 신기한 듯이 쳐다봤다.

"와, 저 사람 봐봐. 되게 예쁘다."

"외국인 모델인가 봐."

지나가던 사람들이 님프를 보고 수군거렸다. 남자, 여자들 할 것 없이 얼굴을 보면 넋이 나가 있었다.

사람들의 시선을 느낀 님프가 마음에 들지 않는 듯 미간을 찌푸리더니, 팔꿈치로 옆에 앉은 지우의 옆구리를 후려갈겼다.

"컥!"

트랜센더스 덕분에 웬만한 공격에도 꾸떡 하지 않는 지우가 억 소리를 내면서 입 안에 있던 호떡을 모조리 뱉어내 더러운 장관을 만들어 냈다.

님프는 그가 뭐라 하기도 전에, 재빨리 선수를 쳤다.

"에너지를 줄인다는 느낌으로 아우라를 낮춰. 인식장애 마법을 걸어 두고, 아우라를 낮췄지만 옆에 있는 너 때문에 주목을 받잖아."

"아, 예. 예."

돈을 주지 않으면 가르쳐 주지 않는 님프의 조언에 지우는 비록 먹던 호떡은 토사물이 되어 버렸지만, 이게 웬 떡이냐며 그녀가 가르쳐 준 대로 느낌을 찾아내려 노력했다.

말로 형용하기 힘들었지만, 몸 안에 있는 기운을 최소화시키고 숨긴다는 느낌으로 염원하자, 10분 후에 지우의 아우라가 거의 없다시피 해졌다.

그러자 신기하게도 님프에게 이끌려 왔던 사람들이 거짓말처럼 둘에게 시선 하나 주지 않고 갈 길을 갔다.

그걸 본 지우는 감탄하면서 말했다.

"아우라로 이렇게 응용할 수도 있군요. 주목 받아서 곤란할 때 이걸 쓰면 빠져나갈 수 있겠어요."

"소수의 사람들이나 작은 관심이라면 모를까 그건 불가능해. 만약 네가 도심 한복판에서 하늘을 날거나, 불을 날리는 등의 충격적인 광경을 보여주면 아우라로 숨길 수도 없고, 후에 잊어버리지도 않아. 뇌리에 얼마나 기억이 남느냐야."

"오호."

"예를 들면 너희 인간들에 비해 우리들의 외모는 상당히 아름답잖아? 카페에서 본 그 아름다움에 대한 충격을 잊지 못하고 여전히 찾아오는 걸 보면 알 수 있지. 즉, 주목받기 전에 미리 존재감을 낮추라는 의미야."

님프는 과거, 윤소정을 트레이닝 시킬 때 시범으로 홍대에서 노래를 불러 주목을 받을 뻔하다 넘긴 적이 있었다.

하지만 그때는 존재력을 이미 낮춘 상태이기도 했고,

'요정'이라는 고유의 개념 자체가 인간들이 신화와 전설로 치부하고 있었기에 사람들은 노래에만 집중하고 님프의 존재를 인식하지 못해서 그냥 유야무야 넘어갔었다.

물론, 이 상태라면 카페에서 손님 응대 등도 할 수 없으니 지구에 존재할 수 있고, 일도 할 수 있는 최소한의 존재력 만큼은 앱스토어와 요정왕에게 어느 정도 허가받고 유지할 수 있었다.

그 때문에 아름다움에 대한 인식이 어쩔 수 없이 남은 것이고.

그 외에 요정 특유의 귀라거나 하는 자질구레한 것들은 인식 장애 마법을 통해서 어느 정도 해결했다.

하지만 요정이 아니라 인간인 지우의 경우는, 주목받을 짓을 하면 금세 인식되고 기억에 남는다.

즉, 주목받을 짓을 웬만하면 피하거나 혹은 그 전에 존재력을 낮추라는 뜻이었다.

"과연, 어떤 뜻인지 이해했습니다. 조언 감사드려요."

"감사를 느낀다면 돈을 내놓지 그래? 이래 봬도 내 수업료는 상당해."

"어허, 제가 그 대신 오늘 안내도 해 주고 밥도 사 주고 그러잖아요. 이 정도는 서비스로 넘어가주세요."

"허, 있는 놈이 더한다더니 말 그대로구나. 넌 정말 지독한 인간이야."

"칭찬 감사드립니다."

지우가 피식 웃으면서 님프의 독설을 받아쳤다.

"자, 호떡이라는 것도 다 먹었으니 다른 걸 먹으러 가보실까."

"방금 간식 먹었는데 또 먹는다고요? 괜찮겠어요?"

"괜찮아."

님프는 현대 지구의 인간들이 먹는 음식에 제법 호기심이 동한 모양이었다. 그 덕분에 지우는 그녀에게 이리저리 이끌려서 여러 음식을 소개해 주었다.

처음 몇 번은 따라서 함께 먹었지만, 님프가 한 시간마다 다른 음식을 찾느라 배가 불러 먹을 수가 없었다.

한식, 일식, 중식, 양식뿐만 아니라 아이스크림이나 케이크 등의 간식도 꼬박꼬박 챙겨 먹느라 시간이 금세 지났다. 곁에서 지켜보고 있던 지우는 솔직히 그걸 보고 속이 거북하여 토할 지경이었다.

"음, 이 닭꼬치라는 것도 별미인데."

노점에서 파와 닭고기가 먹음직스러운 양념에 발라진 닭꼬치를 씹으며 님프가 호평했다.

지갑에서 이천 원이나 꺼내, 노점 아줌마에게 덜덜 떨며 건넨 지우가 눈은 웃고 있지 않은 미소를 보이며 말했다.

"사실 그거 닭고기가 아니라 비둘기라는 도시 전설이 있습니다. 보아하니 세균이 득실득실한 더러운 비둘기 같지 않나요?"

"도시 전설 중에 '정지우'라는 인간의 몸을 잘라서 꼬치를 해 먹는다면 맛있다는 이야기가 있지."

"어떻게 봐도 닭이군요! 비둘기도 오리도 아닙니다. 전 육질만 봐도 닭인지 비둘기인지 판별할 수 있는 눈을 가지고 있습니다."

"좋아. 또 허튼수작을 부린다면 네 십이지장을 뽑아서 줄넘기를 할 거야."

"껄껄껄, 농담도!"

"정말로 농담을 하는 거라고 생각해?"

"……."

집에 갈까 진지하게 고민할 정도로의 물음이었다.

*　　　*　　　*

로드 카페 본점을 찾아갔을 때가 오전 10시쯤이었으나,

님프와 나온 뒤 여러 곳을 다니다보니 어느덧 무려 열두 시간이나 지나 오후 10시가 됐다.

식도락 여행을 즐긴 님프는 제법 즐거웠는지, 그럭저럭 만족한 웃음을 지으며 이번에는 술을 마시러 가자고 했다.

"제가 술집은 잘 안 가 봐서 모르는데……."

술을 아주 안 먹는 건 아니지만, 친구가 없다 보니 혼자 술을 마시기에는 청승맞아 술을 잘 찾지 않게 됐다.

"갈 곳 없다면 적당히 경치 좋은 곳에 앉아 마시면 그만이야. 굳이 술집을 갈 필요는 없어."

그래서 두 사람은 근처 편의점에서 소주나 맥주, 그리고 간단한 안주거리를 들고 산 위에 있는 공원을 찾았다.

위에서 아래를 내려다보면 도시 야경이 잘 보이기 때문에 나름대로 명당 중 하나다.

공원에 자리 잡은 벤치 중 하나에 털썩 주저앉은 님프는 편의점 봉투에서 소주 한 병을 꺼내고 뚜껑을 따서 그대로 박력 있게 입 안에 털어 넣었다.

보통 사람들이라면 '크으~' 하고 눈살을 찌푸리며 소리를 낼만도 한데, 님프는 아무렇지 않은 얼굴로 마치 물을 마신 것 같은 모습을 보였다.

지우는 그런 님프를 신기한 듯이 쳐다보며 물었다.

"툭 하면 술을 마시는 것 같은데, 어째 취한 모습은 볼 수 없는 것 같네요. 요정들은 원래 다 술에 강한가 봐요?"

"딱히 그런 건 아니야. 술을 좋아하는 요정도 있고, 그렇지 않은 요정도 있어. 나는 딱히 좋아하지도 싫어하지도 않지만."

님프는 소주병을 잠시 옆에 빈 공간에 두고, 주머니에 손을 찔러 넣어 뒤적거리다가 눈살을 찌푸렸다.

그러곤 머리를 옆으로 살짝 돌려, 지우에게 물었다.

"너, 담배 있어?"

"아뇨, 금연 중이라서 수중에 없어요."

그렇지 않아도 지하나, 수진이가 자신을 볼 때마다 담배를 끊으라고 해서 금연을 시도했었다.

의외로 금연을 하는 것은 그다지 어렵지 않았는데, 이는 원래 지우의 금연 의지가 대단한 것이 아니라 트랜센더스로 육체적 능력이 상승한 그의 몸이 본능적으로 몸에 들어오는 독소를 거부한 덕분이었다.

"몸에 좋지 않으니 끊는 게 좋……아니, 상관없겠네요. 하루에 열 갑씩 펴도 저보다 오래 사시겠죠?"

"입 아프게 설명하지 않아서 좋네."

수중에 담배가 없어서 조금 짜증이 난 그녀는 그 대신에

술을 입 안에 털어 넣었다. 꼴깍꼴깍 하고 먹는 모습은 해괴하긴 했지만, 그 자체로도 아름답고 눈부시다.

"그나저나, 님프 씨는 술을 딱히 좋아하지도 싫어하지도 않는다고 했는데, 그거 진짜입니까? 그 꼴을 보아하니 전혀 아닌 것 같은데요."

지우가 눈을 가늘게 뜨고 의심스러운 눈초리로 님프를 힐끗 쳐다봤다. 이에 님프가 피식, 하고 웃음을 흘렸다.

"예전에, 네가 어떤 계집애 트레이닝 부탁했지?"

"계집이라니……가르친 사람 이름 정도는 외우지 그래요?"

지우가 어이없는 듯 혀를 찼다.

"그때, 내가 볼프강 등 여러 음악가에게 영감을 준다거나, 혹은 음악 교사가 되어 준다고 했었지?"

"네, 그랬죠."

볼프강이라는 음악가에 대해서는 아직도 모르지만 말이다. 나중에 집에 가면 검색이라도 해 볼까, 하고 생각하는 지우였다.

"볼프강도 그랬지만 그중 물이건 술이건, 과음하는 녀석들이 제법 있었어. 특히 술을 마시면 영감이 잘 온다나 뭐라나, 거의 중독 수준으로 마시더라고. 걔들한테 술 좀 배워서 마시다 보니 정신을 차려보니 이 꼴이더라고."

"허어, 요정에게 술을 가르친 인간이라니. 우리 인류도 보통은 아니구만."

니코틴에 알코올 중독자까지, 과연 눈앞에 이 미녀가 정말 요정이 맞을까 싶었다. 아니, 어쩌면 자신이 알고 있는 요정이라는 개념이 잘못된 건 아닐까 하고 어이가 없었다.

"그때가 좋았어. 강이나 우물, 혹은 호수 앞에 앉아서 꽃을 보거나, 또는 인간들의 연주를 듣고 춤을 추거나……."

님프는 쓸쓸하면서도 한편으로는 그리운 목소리로 말꼬리를 흐렸다.

그녀의 눈동자에서는 왠지 모르게 애절함이 느껴져 와서, 지우는 평소처럼 실없는 농담을 꺼내지 못했다.

님프는 어느새 빈 병이 된 소주를 바닥에 내려놓고, 편의점 봉투에서 맥주 한 캔을 따서 한 모금을 마셨다.

그러곤 우수에 찬 눈동자로 오 미터 앞 화단을 살피더니, 손을 힘없이 휘저었다.

그러자 놀랍게도 빈 화단에서 꽃이 마치 원래부터 살아 있었다는 듯 위로 치솟아올라 활짝 개화하였다.

"왠지 제가 더 죄송하네요. 과거와 달리 지금의 지구는 환경오염이라거나, 자연 훼손이라거나 심하니까요."

"아니, 나는 딱히 그런 게 신경 쓰이는 게 아니야."

님프는 머리를 좌우로 미미하게 흔들었다.

"우리 요정계도 필요에 의해서 환경을 파괴하는 건 마찬가지야. 우리는 마법이 과학을 대신하고 있어서 그럴 일이 별로 없긴 하지만 요정계에서 너희 인류의 기술이나 문화는 나름대로 인기고 받아들이기도 하니까."

"점점 더 요정이라는 개념을 알 수 없게 됐군요. 그럼, 정말 신경 쓰이는 게 뭐죠?"

"……요정족에도 별의별 것들이 많아. 너희 인간을 싫어하는 이들도 있고, 그렇지 않은 이들도 있어. 나 같은 부류는 가끔씩 인간에게 해를 끼치기도 하지만, 그래도 대개 호의적이기도 해."

지우는 입을 다물고 님프의 말에 조용히 경청했다.

왠지 초를 치고 싶지 않은 분위기였다.

"이처럼, 너희의 춤과 음악을 함께 즐기고……지금이 추억이 된 그걸 지속시키고 싶었어. 하지만, 이제는 그렇지 못해."

"인간이 당신들을 잊어버리고, 믿지 못하게 돼서요?"

"그래. 그저, 그게 섭섭하고 아쉬울 뿐이야. 지구에 온 건 오랜만이라서, 나도 모르게 추억에 젖었네."

님프는 맥주를 목 너머로 넘기며, 쓰디쓴 웃음을 흘렸다.

술 때문이 아니라, 어떠한 감정 때문에 쓴맛을 느끼는 것 같아 보인다.

그리고 그 모습이 이상하게 어느 때보다도 아름다워 보인다. 도시 야경에 비친 백옥 같은 피부는 하얗게 빛나고, 야경과 어둠 속에 묻힌 물빛 머리칼은 왠지 모르게 찰랑이며 빛나는 것 같았다.

비록 몇 백, 어쩌면 천 년을 넘게 산 할망구였지만 외관만큼은 많이 쳐 봤자 이십 대 후반밖에 보이지 않는 그녀를 보니 가슴이 떨려올 정도다.

사연을 지니고 있는 듯한 그녀의 모습은, 자신이 미쳤나 싶을 정도로 매혹적이고 치명적이고 섹시한 매력으로 다가왔다. 괜히 인외(人外)의 미모가 아니다.

'내가 미쳤지……분위기에 좀 취했나보다.'

괜스레 어색해진 지우는 양 뺨을 살짝 붉히며 시선을 어디다 둬야할지 고민했다.

"뭐, 됐어. 어차피 옛날 일을 그리워해봤자 청승맞을 뿐이지. 과거의 고향에 온 것만으로 만족해야 하지 않겠어?"

편의점에서 사 온 술을 모두 비운 님프는 벤치에서 일어나서 여전히 쓴웃음을 보여주었다.

'끙……이 양반 평소와는 달리 되게 연약해 보이네. 좀 오지랖이긴 하지만 위로라도 해 줘야하나? 뭐라 위로해 주지?'

님프가 그녀답지 않게 울적한 분위기를 보이니 어찌할 줄 모르는 지우였다.

그런 지우를 본 님프는 쿡, 하고 왠지 모르게 재미있다는 듯이 웃으며 상체만 숙여 지우에게 다가가 귓가에 속삭였다.

"등신 같은 표정 짓지 않아도 괜찮아, 정말로. 나름대로 지금 삶에 만족하고 있으니까. 오늘은 놀아줘서 고마워."

쪽.

"……?"

뺨에 느껴지는 촉촉한 감촉에 지우가 새하얗게 질렸다. 그는 지금 자신이 무슨 일을 당한지 모르는 듯, 두 눈을 껌뻑껌뻑 뜨며 멍하니 있었다.

"오늘 놀아준 보답이야."

*   *   *

며칠 뒤.

님프에게서 볼에 입맞춤이라는 어마어마한 보답을 받고 잠시 충격에 빠졌던 지우는 금세 정상으로 되돌아왔다.

'생각해 보니 님프 씨는 따지고 보면 그리스 출신인 외국인(?)이었지. 그러니 별 뜻 없이 인사였을 거야.'

기분이 묘하게 좋긴 했지만, 괜한 망상 따위는 하지 않았다.

'후, 착각하지 말자, 정지우. 괜히 설레발 쳤다간 나중에 이불에 발차기 하고도 부끄러워서 목을 맬지도 몰라.'

인터넷에서도 여성들은 남성들에게 자신들의 행동에 괜히 쓸데없는 오해 좀 하지 말라고 경고한다.

괜한 착각은 금물이라고 생각하는 지우는 아무 일도 없었던 것처럼 넘기기로 했다.

"이제 기존 사업이 어떻게 돌아가는지 확인도 했고, 새롭게 돈을 벌 사업을 찾아봐야겠지. 돈을 압도적으로 벌기까지 갈 길은 아직 머니까, 꾸준히 노력하자."

로드 카페나 양로원, 그리고 세이렌이 꾸준하게 돈을 벌어들이며 규모를 크게 하고 있긴 하지만 돈벌이는 많으면 많을수록 좋다.

지우는 자취방에 앉아서 스마트폰 액정 화면을 살펴보며, 새로운 사업에 쓸 만한 상품은 없는지 둘러봤다.

인생 샷 카메라(life shot Camera)

–구분: 기타

–상품을 구입해 주셔서 감사합니다.

–프로필 사진, 주민등록증, 취업용 사진, 사원증에 들어갈 사진이 마음에 들지 않으셔서 고민인가요? 이제 이 인생 샷 카메라로 원 큐에 해결하세요!

–인생 샷 카메라로 촬영하시면 어떤 순간이건 간에 인생에서 가장 잘 나왔을 만한 사진이 나옵니다.

–선명하고 흔들림 없는 최고화질 사진일뿐더러, 굳이 화장을 하지 않아도 피부가 깨끗이 나오며 잡티 또한 찍히지 않습니다. 각도나 구도 역시 자연히 수정되어 사진이 나오니 걱정하지 마세요.

–귀신이나 비과학적인 생명체를 찍을 때 유의 바랍니다. 이들 역시 훈남, 훈녀로 나와 왜곡되어 보게 될 수 있습니다.

–살인 사건 현장 사진을 촬영할 경우, 그 광경 역시 과장되어 뽀샵처리 되니 주의하세요.

–여권 사진의 경우 결코 이 카메라로 찍지 마세요.

–가격: 5,000,000

"앱스토어를 보면 언제나 생각하지만, 진짜 생각지도 못한 어이없고 이상한 상품도 정말 많단 말이야."

제일 먼저 눈에 들어온 것 중 하나가 바로 이 인생 샷 카메라였다. 외관은 적당한 크기의 DSLR이었다.

"이걸로 사진 사업을 하는 것도 괜찮을 것 같은데……."

요즘 같은 세상에 사진은 필수 불가결이다.

주민등록증이나 운전면허증은 그렇다 쳐도, 취업용으로 쓸 때 사람들은 대부분 어떻게 해서든 잘 나오게 하려고 애쓴다. 이력서를 보낼 때 면접관들의 흥미를 조금이라도 끌기 위해서였다.

특히 극심한 취업난인 오늘날 같은 경우, 조금이라도 경쟁자보다 우세한 점을 갖기 위해서 유명한 사진관을 찾아 포토샵으로 잘 나오게 수정하는 등의 노력을 하는 건 이제 일상이다.

그 외에도 연예인의 경우에는 조금이라도 인기를 끌기 위해서 프로필 사진은 수십, 수백만 원을 써서 조금이라도 좋게 나오게 하려고도 한다.

그걸 생각해 보자면, 이 상품을 이용해서 스튜디오를 열고 사진 사업을 하는 것도 나쁘지 않다고 생각된다.

다만, 여기서 문제가 생긴다.

"사진에 대한 사람들의 욕심은 끝도 없지. 분명 찍고 난 뒤에 다시 찍자고 한다거나 하는 사람이 나올 거야. 한 번에 많고, 편하게 벌기는 힘들어. 군대 훈련소에서 찍는 것처럼 일 분만에 몇 번 찍고, 다음 사람 불러와서 공장처럼 찍을 수는 없는 노릇이니."

아무리 퀄리티가 좋게 나온다고 해도 사진 촬영 역시 일종의 서비스업이라 볼 수 있다.

게다가 촬영 도중 머리를 만지거나, 화장을 한다거나, 옷차림을 건든다는 등의 수가 나올 수도 있다.

이런저런 기타 시간도 상당히 들기 때문에 인기가 많아진다고 해도 하루에 촬영할 수 있는 시간이 제한되어 있으니, 이걸로 큰돈을 벌기에는 조금 힘들었다.

이걸로 작게 사업을 하는 건 괜찮긴 하지만, 다른 사업들처럼 크게 벌려서 지속적으로 많은 돈을 벌기에는 조금 무리가 있지 싶었다.

"역시 단번에 큰돈을 벌려면 은행털이가 괜찮지 않을까. 텔레포트로 금고 안으로 숨어들어서 모조리 돈을 쓸어 담는 거야. 그럼……."

도덕적 관념을 버리고 온 악당의 모습이었다.

"에휴, 아니다. 난 은행 강도 같은 범죄자가 아니라 사업가야. 이래서는 안 되지."

잘 보면 은행 강도보다 더 질이 나쁠지도 모른다.

아니, 그보다 사회에 알려지지 않았지만 양추선이나 김효준을 살해했으니 어찌 보면 이미 범죄자라 할 수 있었다.

쓸데없는 부분에서 양심을 챙기려하는 인간이었다.

"가내수공업 말고 좀 더 쓸 만한 게 뭐 있을까……."

결국 인생 샷 카메라를 포기하고, 다시 앱스토어 상품 목록을 찾아 헤맸다.

　　마법의 프라이팬(Frypan magic)

　　－구분: 기타

　　－상품을 구입해 주셔서 감사합니다.

　　－부모님에게 얻어만 먹느라 요리를 할 줄 모르시다고요? 할 줄 아는 게 라면밖에 없으신가요? 걱정 마세요. 이제 이 프라이팬 하나 있으면 만사해결입니다.

　　－고기, 야채, 과일 등 먹을 수 있는 것을 프라이팬 위에 올려두고 굽거나 볶으면 잊을 수 없는 환상의 맛을 재현할 수 있습니다. 미각의 마비를 넘어 승천시켜 황홀경에 오를 수 있습니다.

　　－더 이상 구재할 수 없을 정도로 맛이 없어졌거나, 혹은

유통기한이 넘었다 해도 극상의 맛을 낼 수 있습니다.

－미미(美味)

－오오? 오오오!

－가격: 40,000,000

"프라이팬 주제에 더럽게 비싸네. 하지만 가격이 수긍할 정도로 능력을 지니고 있긴 하구나. 이건 굳이 사업이 아니라도 사 볼 만한데."

인류는 고대부터 맛있는 음식을 갈구해 왔다.

하지만 안타깝게도 맛있는 음식을 만드는 것은 어렵고, 힘들다.

요리사가 레시피를 알려주고 그걸 따라해 봐도 실력이 어수룩하니 생각한 것처럼 제대로 만들어지지 않는다.

게다가 요즘 같은 시대의 현대인들은 삶이 바쁘고 힘들다 보니 취미로 접하기도 조금 그래서, 전업 주부가 아닌 한은 대부분 식당을 찾아가거나 간단한 배달 음식으로 처리하곤 한다.

헌데 그걸 모두 해결해 줄 수 있는 상품이 바로 마법의 프라이팬이다. 개인적으로도 꼭 사 보고 싶은 마음이 들었다.

"다만 사업성으로는 역시 조금 힘든 감이 있네. 프라이팬은 하나밖에 사지 못하지. 그럼 식당의 규모도 작을 수밖에 없고, 요리하는 데 시간이 은근히 드니까 하루에 나갈 수 있는 음식도 제한되어 있어. 사업성만 보자면 인생 샷 카메라보다 좋지 않다."

이걸로 음식점을 열면 대박은 나긴 하겠지만, 그뿐이다. 카페처럼 볶음원두를 대량생산을 해서 체인점에 배달시킨다거나 하는 수법을 쓸 수가 없다.

생산성이 너무 늦으니까.

"이것도 안 돼, 저것도 안 돼. 앱스토어 상품을 쓰는 데도 역시 사업이라는 것은 보통 힘든 일이 아니구나."

생각할 것이 많아지자 벌써부터 머리가 아파온다.

하지만 예전에도 이런 사업 구상을 몇 번이나 해서 그런지, 지우는 포기하지 않고 일단 지금까지 상품이나 할 만한 사업을 메모에 적은 뒤 다시 스마트폰 액정을 훑었다.

"좀 더 대량생산을 할 걸……어?"

그때, 한눈에 들어오는 것이 있었다.

슈즈 팩토리(Shoe factory)

-구분: 기타, 건물

—상품을 구입해 주셔서 감사합니다.

—사업 테크를 타신 고객 분들께 적극 추천해드립니다.

—이름 그대로 신발 공장입니다. 일반 신발과 달리 특수한 기능을 가진 신발들을 대량 생산합니다.

—발목 부상을 당한 사람의 회복 속도를 상승시켜줍니다.

—다른 신발에 비하면 비교도 할 수 없을 만큼의 착용감과 안정감을 얻습니다.

—발목을 삐끗해도, 골절되거나 하지 않습니다.

—신발의 디자인의 경우 슈즈 팩토리 관제 시스템을 통해 직접 입력하거나 등록하셔야 합니다.

—구입 시에 서비스로 이차원고용을 통해 드워프를 고용 할 시, 향후 백 년간 고용비를 오십 퍼센트 삭감해드립니다.

—자세한 사항은……

"바로 이거야!"

슈즈 팩토리, 그동안 찾아 왔던 조건에 딱 알맞은 상품이었다. 이젠 작은 도구 수준이 아니라, 파나세아처럼 기적을 일으키는 상품 자체를 생산하는 공장이긴 하지만 그런 세세한 건 따지지 않아도 상관없다.

"상품 설명에 대놓고 사업 테크를 탄 고객을 위해서 준비했다고 하네. 한 상품만으로 돈 버는 걸 좋아하지 않는 앱스토어가 웬일이지? 이거 정말 큰 이득인데."

공장이다 보니 상품 설명도 상당히 길고 **빽빽**했다.

그는 설명을 대충 훑어본 뒤에, 일단 제일 중요한 가격부터를 확인했다.

50,000,000,000

"이런 씨발! 내 이럴 줄 알았어!"

제4장

병사의 사단장 방문에 대한 마음

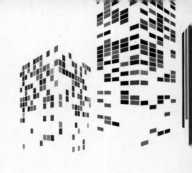

슈즈 팩토리가 얼마인지 확인한 지우는 욕을 안 할 수가 없었다. 흔히 말하는 부모님 없는 가격이었다.

"세상에 공이 몇 개야! 5억이나 50억도 아니고, 무려 500억이라니 말이 되냐? 확실히 사업 테크 트리 마지막이긴 하지만 아무리 그래도 이건 너무 했잖아!"

슈즈 팩토리를 구입하면 돈 벌 걱정은 하지 않아도 된다.

과거라면 모를까, 근대에 들어선 오늘날에 신발은 필수 불가결의 상품 중 하나이니, 판매를 시작하자마자 전 세계적으로 폭발적인 인기를 얻을 터이다.

다만 빌어먹고, 짜증 나고, 입이 떡 벌어지고, 심장에 안 좋은 가격이라는 것이 문제다.

지금까지 본 상품 중에서 제일 현실성 떨어지는, 상상만으로 볼 수 있는 가격이었다. 이 정도 돈은 게임 머니로도 찾아보기가 힘들다. 어쩌면 석유 부자도 제법 부담스러워 할지도 모른 가격일 수도 있었다.

"이 돈을 마련하려면 내가 몇 년 동안 쓰지 않고 꾸준히 저축해야해. 상상만 해도 정말 끔찍하구나. 그렇다고 대출을 할 수도 없는데……."

대출을 하기 위한 신용은 문제가 없었다.

자신이 운영하고 있는 사업처를 들고 대한민국 은행 어디를 찾아가건 최고 등급 신용을 받을 자신이 있다.

그렇지만 문제는 저 비현실적인 금액이다.

아무리 신용이 높다고 해도 500억을 현금으로 대출하다니, 현실적으로 불가능하다.

앱스토어는 주식이나 보석 등은 받지 않는다. 오롯이 현금이나 계좌에 있는 금액만 받기에, 다른 걸 담보로 슈즈 팩토리를 구입할 수는 없었다.

결국 이런저런 이유가 걸리고, 현실적으로 불가능하기에 슈즈 팩토리도 포기하게 됐다.

"후우, 정말 이래저래 속 터지는 상황이구나. 일단 내가 얼마를 움직일 수 있는지 한 번 봐야겠어."

몇 달 전, 로드 카페의 월순익은 분점까지 합하여 3억 7천 정도였으나 유명세를 탄 덕분에 요새는 4억 정도로 올랐다.

세이렌 엔터테인먼트의 음반 사업의 경우, 100만 다운로드를 달성했던 윤소정의 '꿈'이 회사에게 벌어준 돈이 대충 2억 4천이었으나 요즈음은 윤소정이 새로운 음반을 내고, 이름값이 높아지면서 '꿈' 등 음반이 날개 돋친 듯이 팔려나가서 수익 또한 증가했다.

다만 그동안 그 돈은 회사의 운영비로 쓰다가, 최근에는 세이렌이 연예계에서 위치가 높아져 쓰지 않아도 괜찮게 됐다.

최대 규모 소속사인 SU 엔터테인먼트가 약점이 잡혀, 박영만의 눈치를 보며 푸쉬를 해 줬기에 가능한 일이었다.

로드 양로원의 경우도 방송을 타고, 이슈가 된 덕분에 입소를 원하는 노인들이 넘치긴 했지만 수익을 보기는 힘들었다.

부자들이 기부를 했다면 모를까, 기본적으로 광고나 선한 이미지 개선을 위한 투자이기 때문에 애초에 수익을 기대하는 것은 좋지 않았다. 괜히 복지사업이 아니다.

그리고 그동안 모았던 돈은 앱스토어의 여러 가지 상품과 더불어서, 로드 양로원의 건물을 드워프에게 의뢰하여 건설하느라 상당 부분 빠져나가 수중에 돈이 없었다.

"회사 순익을 이제 내 쪽으로 돌려야겠어. 슬슬 돈을 돌려받을 차례니까. 그리고……이 기세를 타서 아무래도 돈 좀 모아야겠다."

어떤 사업을 할지 고민만 하다가, 정작 중요한 돈이 얼마나 있는 건지 확인을 제대로 하지 못했다.

단숨에 돈을 벌고, 연봉도 확 오르니 '난 돈이 많으니 무엇이든 할 수 있어.' 라는 마인드를 갖게 됐다.

지우는 속으로 자책하고 반성하면서, 일단은 자금부터 확보하기로 마음먹었다.

*   *   *

한국 대학교

이름만 들어도 알 정도로, 누구나 다 부러워하는 초일류 대학교는 아니지만 그래도 그럭저럭 서울권에서 나름대로 괜찮은 편에 속하는 학교이다.

오늘은 한국 대학교 동계 졸업식이 있는 날.

이제 막 봄에 든 계절이긴 했지만 아직 바람이 제법 쌀쌀하다. 그 때문인지 한국 대학교의 졸업생이나, 그들을 축하해 주러 온 사람들의 옷차림은 여러 겹이었다.

"수진아! 얼른 사진 찍자!"

학창 시절 때부터 함께 해 온 친구, 이은정이 웃는 얼굴로 학사모를 쓰고 있는 김수진을 부추긴다.

"그래, 그래."

김수진 역시 기념으로 할 만한 날에 추억을 남기고 싶었는지, 스마트폰을 주섬주섬 꺼냈다.

이후, 여자들의 사진은 한 번에 이뤄지지 않는 걸까, 그녀들은 서로 열 번, 스무 번은 한 자리에서 여러 각도로 기념사진을 찍었다.

"……? 얘, 뭐 그리 안절부절못한 표정을 짓고 있어? 무슨 일 있는 거야?"

사진이 제대로 잘 나왔는지, 확인하고 있던 이은정은 김수진의 얼굴에 떠오른 감정을 확인하고 물었다.

그러자 김수진은 깜짝 놀란 듯, 두 눈을 휘둥그레 뜨고 손사래를 치면서 호호 하고 웃었다.

"아니야. 아무 일도 없어."

"너랑 알고 지낸 지 몇 년이나 지났는데 그걸 모르겠어…… 그러고 보니 아까부터 누굴 찾고 있는 것 같은데? 가족들은 모두 참석했으니 아닐 테고……"

"자, 잠깐! 얘, 아니라니까. 그런 거 아니야. 오해야."

김수진이 시뻘겋게 달아오른 얼굴로 격렬하게 부인했다. 하지만 그러면 그럴수록 이은정의 입가에 맺힌 미소는 더더욱 짓궂게 변했다.

이에 이은정은 흐응, 하고 콧방귀를 끼더니 눈을 게슴츠레 뜨고 잠시 생각에 잠겨 머리를 굴렸다.

김수진의 평소 행동과 인간관계를 생각해 내고, 유추해 본다.

"아, 누구 기다리는지 알겠다. 정지우지?"

"아, 아, 아, 아닌데요!"

"응. 네가 대놓고 '정지우를 기다리고 있는데 오지 않습니다. 어디 있나 찾고 있는데 그걸 은정이가 콕 찌르니 부끄러워 죽겠네요.'라고 광고하고 있는 건 알겠어."

"이제 나 죽어."

김수진이 양손바닥으로 얼굴을 가리고 중얼거렸다.

'역시 그때 병문안 일로 어색해진 건 아닐까.'

병문안 이후에는 스스로가 너무 부끄러워서 자기 전에

이불 발차기를 하고도 남았다. 그 기억이 쭉 남아서 가끔 혼자 있으면 발광하기도 했다.

그동안 지우와는 굉장히 허물없는 사이였는데다가, 서로 농담을 받아 치면서 이렇게 오글거리는 대사를 꺼내며 진지하게 이야기하지 않았다.

혹시 지우가 그것 때문에 어색해서 졸업식에 온 건 아닐까, 하고 온갖 나쁜 상상을 하게 됐다.

"야, 너 때문에 우리 수진이가 아까부터 고생했잖아."

그때, 이은정이 구원과 비슷한 목소리를 냈다.

김수진은 깜짝 놀라 고개를 들었고, 얼굴을 가린 손바닥을 떨쳐내자 이은정 앞에 서서 꽃다발과 함께 어색한 표정을 짓고 있던 정지우가 시야에 들어온다.

"자, 자, 잠깐! 너 언제부터 있던 거야?"

방금 전까지 이은정과 부끄러운 대화를 했기에, 혹시 그가 그걸 들은 건 아닐까 싶어 그녀는 경악하며 물었다.

"정말 방금 전에 도착했어. 혹시 내 욕이라도 했니? 걱정하지 마. 난 언제든지 네 얼굴에 꽃다발을 던지고 갈 생각이 있으니까."

지우가 인자하게 웃었다. 뒤에서 자기 욕을 했다면 용서하지 않고 응징하겠다는 뜻이었다.

평소와 다를 것 없는 반응에 김수진은 안도의 한숨을 쉬었다.

두 사람이 만담 콤비처럼 보인 이은정은 헛웃음을 토해 내곤, 시선을 지우에게 돌려 입을 열었다.

"오랜만이야, 아웃사이더. 여전히 정말로 몰개성한 얼굴이네. 네가 그 유명인이란 건 너와 친한 사람이 아니라면 알아채지 못할 거야. 방송이나 인터넷 프로필에 나오는 네 사진 보면 내가 아는 애 맞나 헷갈리더라."

"하하, 내가 좀 그렇게 생겼어. 너도 여전히 주요 인물 혼자 두기에는 어색하니까 그냥 옆에 붙여 준 평범한 친구처럼 생겼네."

지우가 생긋 웃으면서 인사에 친절히 답했다.

"어……수진아, 이거 칭찬?"

이은정이 옆에 선 지우를 검지로 가리키며 단짝 친구에게 물었다.

김수진은 어찌할 줄 모르고 그저 곤란한 듯이 웃었다.

이에 이은정은 한숨을 푹 내쉬더니, 어깨를 으쓱이곤 등 뒤를 보였다.

"난 먼저 가 볼 테니까 둘이서 못 다한 이야기해. 부모님들에게는 내가 잘 말해 둬서 차 안에서 시간 좀 끌게. 대신 곧바로 와야 한다? 밥 먹으러 가야 하니까."

"응, 알았어. 고마워 은정아."

친구의 배려에 김수진은 환하게 웃었다.

그 웃음이 굉장히 예뻐서 주변에 있던 남학생들은 그 웃음을 보고 도중에 걸음을 멈추고 힐끗힐끗 쳐다봤다.

방해자(?)가 떠나고, 둘만 남자 지우가 다시 꽃다발을 건네면서 졸업을 축하해 줬다.

"졸업 축하해. 학교는 같이 들어왔는데, 졸업은 함께하지 못해 조금 아쉽네."

"뭐, 어쩔 수 없지. 게다가 넌 따로 진로도 찾았으니까. 꽃 예쁘네."

꽃다발을 품에 안은 김수진은 부드럽게 미소 진 얼굴을 풀지 않았다. 표정에서 드러나는 감정은 순수한 기쁨이다.

"이제 졸업했으니 여대생이 아니라 아줌마네."

"여자는 결혼하지 않는다면 아줌마가 아니야."

김수진이 오색빛깔의 화려한 꽃의 향기를 들이 마시면서 눈썹 하나 까딱 하지 않고 능숙하게 받아친다.

"졸업했으니 이제 뭐 할 거야?"

"마음 같아서는 놀고 싶지만, 그럴 수는 없지. 이제는 여대생이 아니라 그저 날백수니까, 취업할 거야."

"그렇구나. 너니까 취업 걱정할 필요는 없겠어."

김수진은 정지우와 잘 맞는 친구지만, 정작 두 사람은 여러모로 반대되는 인간이다.

그녀는 나름대로 공부도 잘하는 편이고, 인간관계도 상당히 좋다. 어딜 가서든 주목을 받는 사람이었다.

집안 자체도 잘 사는 편에 속했으니, 고시 공부에 집중하거나 또는 외국으로 유학하여 공부하는 것도 나쁘지 않을 것이다.

어딜 가던 대성할 만하고 굳이 걱정하지 않아도 혼자서 알아서 할 타입의 여성이었다.

"그럼, 당연하지."

김수진은 허리를 쫙 피고 가슴을 앞으로 내밀며 자신감 가득한 얼굴로 웃었다.

"후후. 자신감은 여전하네. 괜찮다면 이 오빠의 회사에 좋은 자리로 꽂아줄 수도 있는데?"

"네 아래로 가는 것도 싫지만, 낙하산 취급 받아서 싫어. 난 내 능력으로 알아서 해 볼 거니까, 걱정하지 마."

"그래."

지우도 김수진의 그런 성격을 잘 알고 있기에, 방금 전 제안도 그저 농담을 섞어 말했을 뿐. 그 이상 그 이하도 아니었다.

　물론 그녀가 정말로 취업 자리 좀 알아봐 달라고 했다면, 진지하게 그런 그녀를 걱정하고 사정을 듣고 도와줬겠지만 말이다.

　"시간 슬슬 됐네. 아저씨랑 아주머니가 걱정하실 거야. 오늘은 가족 행사니까 얼른 돌아가서 좋은 하루 보내."

　"응, 그렇지 않아도 가 보려고 했어."

　김수진이 손에 쥔 학사모를 다시 머리 위에 쓰곤, 몸을 돌리면서 재차 입을 움직인다.

　"취업하려면 바쁘긴 하겠지만, 그래도 너 정도는 만나 줄 수 있으니까 언제든지 연락해. 너무 연락하지 않으면 살았는지 죽었는지 모르니까."

　"알았어. 너야말로 곤란한 일이 있다면 연락해. 일 때문에 바빠도 찾아가 줄 테니까."

　그도 친구처럼 똑같이 응수하고, 손을 흔들어 인사했다.

　'만약, 앱스토어를 만나지 않았다면 나도 언젠가 저 학사모를 쓰고 평범하게 취업 걱정을 했겠지?'

　　　　　*　　　*　　　*

친구의 졸업식에 참석하고, 그녀에게 축하를 해 준 뒤에
도 행사 참여는 있었다.

이제 미성년자가 아니라 성인이 된 지하의 행사다.

고등학교 졸업식과 대학교 입학식이었다.

지우는 오랜만에 가족들과 즐거운 시간을 보냈다.

여동생의 졸업을 축하해 주고, 사진 촬영으로 기념도 남
기고 가족끼리 오붓하게 밥도 먹으면서 행복한 비명을 질
렀다. 그 외에도 바로 얼마 뒤에 대학교 입학식에도 참여해
서 축하해 주었다.

원래라면 회사 모두를 동원해서 대놓고 지하를 축하해
주고 싶었지만, 지하가 '그것만큼은 참아줘. 만약 정말 그
랬다간 오빠를 미워할 거야.'라는 말에 행동으로 옮기지는
못했다.

그래서 가족들과 그냥 이런저런 소소하게 행복한 시간을
가졌다.

혹시 입학식이나 졸업식에 갔다가 누가 자신을 알아보고
그 시간을 방해받으면 어떻게 하나 걱정도 했지만, 안타깝
게도(?) 그런 일은 없었다.

굳이 아우라를 낮추지 않아도, 지우가 워낙 몰개성하게
생긴데다가 대학교 입학식의 경우는 연예인 한 명이 참석

하면서 시선이 쏠려 주목을 받지는 않았다.

이후, 가족 행사를 참석한 뒤에 지우는 별다른 일은 하지 않고 로드 카페나 세이렌, 그리고 로드 양로원을 왔다 갔다 하면서 시간을 보냈다.

새로운 사업을 하려면 자본을 모아야 했기 때문에, 이렇게 된 거 반은 일하고 반은 쉬기로 하였다.

먼저 로드 카페의 경우.

"요새 인간 사장님께서 자주 들리시는 것 같은데."

"혹시 우리가 마음에 들지 않는 놈들 커피에 몰래 침을 뱉은 것 때문에 그런가?"

"글쎄, 그건 아닐걸. 인간 손님들 접대하는 우리 서비스 정신이야 흠잡을 수 없을 정도로 완벽하니까."

"어쩌면 괜히 기분이 안 좋아서 약자인 우리한테 화풀이 하려는 걸지도 모르는 일이지. 요정고용노동부한테 신고할 준비를 해야겠어."

"그것만큼은 참아. 그럼 우린 일자리를 잃고 요정계로 돌아가야 해. 차라리 독이나 마법으로 이곳에 오지 않게 하자."

보이지 않은 어둠 속에서 음모를 꾸미는 요정들!

"사장님, 항상 고생 많으시네요. 여기 커피 한 잔 드시죠."

"고마워요. 잘 먹을……으음, 커피 색깔이 보라색이네
요? 이런 메뉴가 있던가?"

부모가 아이와 함께 오지 말아야 할 장소들 중 순위를 꼽
는다면 세 손가락 안에 들어가고도 남는다.

"형, 누나. 엄마 심부름 왔어요! 이거, 이거 주세요!"

"손가락으로 내 등 뒤에 있는 메뉴판만 가리키면 모르니
까, 정확히 뭘 시킬지 말을 해 줬으면 좋겠구나."

"그러니까 이거요!"

"후우, 이 애새끼가 진짜. 산타클로스가 사실은 요정계
에서도 남 부려먹는 데 천재인 악덕한 사업가라는 진실을
알려 주기 전에 당장 꺼져. 그래도 안 꺼진다면 내 네 두 눈
깔을 친히……."

"우와아와앙!"

칼만 안 들었지 대중 매체에서 나오는 입이 험한 산적과
비교해도 지지 않을 정도의 기백과 구수한 욕설 솜씨를 지
녔다.

"으윽, 요정들이 건네준 커피 때문에 요새 창자가 화끈
거리고 머리도 아프다. 카페인을 너무 섭취 했나……."

로드 카페 다음으로는 세이렌을 찾아가보았다.

삼 일에 한 번씩 회사 입구로 선글라스를 꼈지만, 딱 봐도 '나 대표.' 라는 분위기를 풍기는 지우 때문에 경비들은 죽을 지경이었다.

"역시 대표님이 예전에 우리 때문에 많이 화나셨나 봐요. 요새 너무 자주 오시는데요."

"바닥에 깐 레드 카펫은 대표님 전용이니까 다른 사람들이 밟지 않도록 해. 박영만 사장님도 부담스러워서 밟지 않는다고 하니까, 괜찮아."

"실수라도 할까 봐 마음이 불편하군요."

"만약 조금이라도 기분 나빠하면 바짓가랑이 잡으면서 없어도 처자식과 아내를 거론해라. 들리는 소문에 의하면 대표님은 가족애에 굉장히 약하다고 하네."

"휴, 그런데 가끔 예능 프로그램이나 취재 때문에 외부인이 오기도 하잖아요? 그럴 때는 어떻게 하죠?"

"걱정하지 마. 그냥 시상식 때 참여할지도 모르니, 연습용으로 깔아 뒀다고 거짓말하면 된다. 사장님께서도 허가하셨어."

"이렇게 보니 대표님이 되게 악랄하고 독재적인 폭군으로 보이네요."

"쉿! 그분의 행동을 입 밖으로 꺼내서는 절대 안 돼!"

점점 오해로 치닫는 대표 이사의 평가!

하지만 이해 안 가는 것은 아니었다.

군대로 치자면, 병사들이 있는 공간에 별 두 개를 단 사단장이 매일 근무지에 찾아와서 인사하는 행위와도 마찬가지였다.

덕분에 직원들은 모두 입을 모아서 차라리 출근하지 않고, 집에서 쉬면 좋겠다고 말할 정도였다.

"엇, 대표님. 오셨습니까. 저희가 있으니 이렇게 오시지 않아도 괜찮은데……."

그리고 로드 양로원의 경우.

원장인 심청환을 포함하여, 사회복지사나 간병인, 경비 등의 총 직원들은 지우가 올 때마다 크게 반기면서도 오지 말라고 괜찮다고 하였다.

다만 로드 카페나 세이렌처럼, 지우가 부담스럽거나 혹은 악랄한 평가 때문이 아니었다.

로드 양로원에서 일하는 직원들의 경우, 계측 펜으로 온갖 선한 지수를 보고 고용했다.

그렇기에 대부분 선인이나 호인밖에 없었을뿐더러, 그들은 노행 양로원 사태를 근처에서 보고 지우가 얼마나 노인분들을 위해 노력(?)했는지 목격했다.

그 덕분인지 양로원 측 사람들은 지우를 보고 사비를 직접 들여 노인복지에 힘쓰는 위인이며, 대인배라고 칭송하는 등의 오해를 받고 있었다.

"아뇨, 괜찮습니다. 여러분도 일하시는데 저도 일해야죠."

악인이나 자신에게 적의를 품은 사람들에게는 일말의 동정도 하나 없이 냉혹하고, 악의적인 모습을 보여 주지만, 지우는 기본적으로 양로원 사람들처럼 착한 심성을 가진 사람들에게는 약하고 어려워했다.

그동안 해 먹은 것이 있어(?), 양심이 찔려서 그렇다.

"할아버지, 오랜만입니다. 그동안 잘 지내셨어요?"

"으으응? 넌 처음 보는 얼굴인데, 혹시 자원봉사자여?"

"휴우! 잊어버리셨구나! 저번에 모르고 할아버지가 아끼시는 장난감 부숴 버렸는데. 치매가 있어서 다행이군!"

"뭐라고? 내 장난감을 어떻게 했다고?"

"아무것도 아닙니다."

이제 슬슬 마음씨 고운 부자가 와서, 자기 부모님을 맡기며 '잘 좀 부탁드립니다.' 라며 뇌물 좀 찔러 넣을 때가 되었으니 언제든지 철저한 준비를 해놓는 지우였다.

　　　　　*　　　*　　　*

　한 달이 흘렀다.

　매서웠던 추위도 이제 차츰 사라지기 시작했고, 거리에
는 화려한 색채로 물든 꽃으로 가득하다. 이르긴 하지만,
그래도 꽃 축제가 열릴 때 즈음의 시기는 왔다.

　새 학기가 돼서 학생들도 거리로 나왔고, 이제 진짜 한
해가 시작되는 느낌이 나긴 했다.

　과대할 정도로 덩치를 키워주는 오리털 가득한 외투를
벗고, 얇은 외투로 바꾸었다.

　한 달이 지난 지우는 기다렸다는 듯이 신난 마음으로 계
좌를 확인했다.

　"로드 카페야 언제나처럼 약 4억. 내 마음을 안정적으로
치유해 주는 건 역시 커피 값밖에 없지."

　따뜻하게 끓인 커피 한 모금을 마시며 흡족한 미소를 지
었다.

　"그렇다면 최근 세이렌 투자금에서 나에게 돌려서 나온
금액은……."

　세이렌의 경우에는 계산하기가 제법 복잡하고, 여러 곳
에 떼어줄 곳도 많았다. 다만 유능한 부하 직원들 덕분에

신경 하나 안 써도 알아서 자기 몫을 입금해 줬다.

물론 혹시 모르기 때문에 정산서를 받아서 확인은 했지만 말이다.

세이렌의 주 수익은 당연히 소속된 연예인이 벌어오는 돈이다.

먼저 가수가 노래하고, 연주하고 만든 음원이나 혹은 페스티벌이나 이벤트 행사의 출연료가 있다.

세이렌의 간판은 가수인 윤소정이기도 하고, 그 외에도 개그맨이나 배우보다는 가수가 주를 이루기에 위의 수익은 주 수익이었다.

그 외에는 당연히 방송 프로그램에 나오는 조건으로 받는 출연료이었는데, 나쁘진 않은 금액이었으나 아주 대단할 정도는 아니었다. 윤소정과 같은 급의 연예인이 아직 소속되지 않았기 때문이다.

이후 이 매출에서, 소속 연예인과 더불어 직원 보험, 월급, 기타 등등 빼고 난 뒤의 순익의 반 정도를 받는다.

지분을 단 두 명밖에 지니지 않은 기업의 위엄이었다.

"미친. 뭐야, 이거."

들어온 금액을 본 지우의 눈이 마치 만화처럼 바깥으로 튀어나왔다.

"씨발, 10억?"

너무 놀라서 욕이 절로 튀어나왔다.

한 달 순익이 무려 10억가량이나 들어와 있었다.

매출도 아니고, 순익이었다.

이걸 일 년으로 하면 무려 세 자리수가 된다.

그걸 직접 보니 보고도 믿을 수가 없었다.

사실, 지우가 그동안 간과하고 있던 것이 하나 있었다.

바로 세이렌의 영업에 한계가 있다고 생각한 것이다.

이게 무슨 소리냐 하면, 로드 카페의 경우, 아무리 인기가 많다고 해도 하루에 팔 수 있는 양이 정해져 있다.

인기가 많다고 해봤자, 점포는 정해져 있으며 볶을 수 있는 원두의 양도 한계가 있다. 그러니 규모를 크게 할 수가 없다.

하지만 세이렌 엔터테인먼트 사업의 경우는 다르다.

물론 방송 출연이나, 무대 공연 등은 한계가 있지만 음원은 결코 아니다.

레코드판 시대도 아니고, 집에서 클릭 한 번에 음원을 다운받을 수 있게 되니 수량의 한계가 사라지는 것이다.

윤소정이 팔아치우는 음원은 최초에 100만이었다. 하지만 이 금액도 그때 거의 초기에 확인한 것이며, 시간이 흐

를수록 명성이 높아지면서 누계가 쌓이고 있다.

새로운 음원을 낼 때마다 명성이 더더욱 상승되어, 끝없이 팔리는 것이다. 그게 아우라의 진정한 위력이었다.

판매에 한계가 없고, 24시간 어디에서나 언제든지 구입할 수 있다. 거기에 모자라 최근에는 해외에도 알려진 덕분에 판매량은 기하급수적으로 높아지고 있었다.

또, 지우가 그간 잘못알고 있는 것이 하나 있었다.

바로 세이렌을 생각보다 과소평가하고 있다는 것이다.

경영자인 박영만의 능력을 낮게 본 것은 아니었다.

하지만 얼마 전까지만 해도 세이렌의 대주주 중 한 명이 야반도주하면서 돈을 다 날린 덕분에, 회사 자금 자체가 없고 탈퇴한 연예인도 제법 생겨서 규모가 적으니 큰 수익을 못 낼 것이라 생각했다.

그러나, 윤소정이라는 최대 병기가 들어온 덕분에 그 점을 보완하게 됐다.

그뿐만이랴, 지우는 여태껏 세이렌의 순익을 모두 받지 않고 그냥 세이렌이 무너지지 않도록 상황이 급하니 회사 자금으로 써달라고 했다.

박영만 역시 이에 감동하여, 여유 자금을 빼곤 지우처럼 회사 운영비에 자신의 돈을 투자하기로 마음먹었다.

사실 그는 초창기에도 세이렌에 사비까지 들여서 투자했기에, 어려운 일은 아니었다.

어쨌거나 대주주인 두 사람이 순익을 모조리 운영비에 투자한 결과와 윤소정의 압도적인 인기와 판매력으로 인해 근 몇 달 동안 말도 안 될 정도의 성장을 보인 것이다.

이미 세이렌 엔터테인먼트의 예상 연매출은 뒤에 공이 열 자리나 붙게 됐고, 앞으로 점점 더 높아질 것이다.

박영만이 윤소정 외에도 신인 발굴에 힘쓰고 있고, 무엇보다 계약이 끝나려하는 이름 있는 연예인들을 찾고 다니기 때문이었다.

"봤냐, 씨팔! 내가 정지우다! 내가 바로 정지우라고!"

제5장

매직 익스펠러(Magic expeller)

"좋아, 정했어."

현금으로 들어온 14억가량을 확인한 뒤에 이번에는 어떤 사업으로 돈벌이를 해야 할지 또 지루한 고민을 했다.

자기 전에도, 밥 먹을 때도, 어디 나갈 때도, 휴식할 때도 스마트폰을 쥐고 훑어보기도 며칠이 흘렀다.

시력 저하가 일어나도 이상하지 않는 일이지만, 트랜센더스라는 사기적인 초능력 덕분에 멀쩡했다.

어쨌거나, 세계기업순위를 검색하거나 책을 읽는 등 여러 가지를 보면서 고심하고 있을 무렵 바다보다 깊고 넓은 상품 중에서 운명처럼 눈을 끄는 기동찬 것이 있었다.

매직 익스펠러(Magic expeller)

−구분: 기타, 기계, 압착기

−상품을 구입해 주셔서 감사합니다.

−고체−액체를 분리하는 압착분리처리기구 중 하나입니다.

−뭐하는 물건인지 자세한 설명을 듣고 싶다면 검색엔진을 이용합시다. 문명의 이기는 사용하라고 있는 것입니다.

−쉽게 말하면, 원료를 넣고 기름을 제조할 수 있습니다.

−모 요리사가 설탕을 쏟아 내어 맛있는 음식을 만든 걸 보고 감명 받아 만든 상품입니다.

−위와 같이, 본 상품으로 제조한 기름은 그야말로 기적이란 말이 나올 정도로 완벽하고 압도적인 맛을 자랑합니다. 건강에도 무척 좋습니다.

−좋다고 너무 먹으면 지방으로 인해 훅 갑니다. 하지만, 살이 찔 걱정을 하실 거면 식용유를 쓰지 마십시오.

−경유를 사용하는 자동차에 연료 대신 쓸 수는 있습니다. 그러나 연비와 엔진 수명은 보장해드릴 수 없습니다.

−흔한 대륙제 식용유를 사용했다가, 이후 밝혀진 쓰레기

식용유 제조법 사건을 보고 식용유에 대해 의심을 떨쳐 내지
못하는 분들에게 추천 드립니다.

　-쓰레기 식용류 제조자를 사형하기로 한 대륙 법에 찬사
를 보내드립니다.

　-가격: 490,000,000

식탐(食貪)

성경에서 7대 죄악 혹은 일곱 가지 죄의 씨앗이라는 뜻
의 칠죄종(七罪宗) 중 하나이기도 하며, 인간이 태어날 때부
터 죽을 때까지 가지고 있는 성욕과 수면욕과 함께 인간의
기본 삼대 욕구 중 하나이기도하다.

그만큼, 사람은 먹는 것을 중요시한다.

먹지 않으면 살 수 없기도 하지만, 차차 배를 굶지 않게
되면서 사람들은 좀 더 맛있는 음식을 먹기를 원했다.

또한 개인사업자들이 사업을 할 때 우수적인 요점이기도
하다.

사업에 대해서 고민한 끝에, 지우는 이 매직 익스펠러를
보자마자 이젠 음료(飮料)가 아니라 음식(飮食) 사업을 하기
로 마음먹었다.

"원래는 상위호환 상품인 공장을 사서 식용유 장사를 하

려 했지만……그놈의 공장."

슈즈 팩토리처럼, 대량생산을 자체적으로 할 수 있는 제조 공장의 경우 역시 기본이 백 억 대 이상이 나갔다.

현대 요리에서 식용유는 정말 거의 안 들어가는 곳이 없으니, 앱스토어가 보장한 극상의 맛으로 인기몰이를 하기에는 충분했다.

이후 지속적으로 팔리는 것은 물론이고, 식용유 시장의 점유율 역시 높은 수치를 낼 자신이 있었다.

여러모로 참으로 욕심이 나는 사업이긴 했으나, 안타깝게도 공장이 너무 고액이다 보니 구입할 수가 없다.

그래서 지우는 차선책으로 다른 사업을 생각해 냈다.

식용유 자체를 대량으로 생산하여 팔 수 없다면, 그 식용유를 소량으로 써서 로드 카페의 형태처럼 음식을 만들어 판매하면 된다.

즉, 요식업(料食業)이었다.

*　　　*　　　*

한 달간 모았던 자본은 14억이었으며, 이 자본을 통해서 새로운 사업을 위해서 매직 익스펠러를 구입하고 9억하고도 천만 원이 남았다.

돈이 많으니, 마음이 풍요롭다. 5억가량의 상품을 구입했는데도 아직 9억가량이 남았으니 기분이 좋았다.

그럼 남은 돈은 그냥 두느냐? 당연히 아니다.

요식업을 하려면, 당연히 가게를 차려야한다.

그래서 지우는 로드 카페 본점이 있는 구로디지털단지 중에서 상가 건물을 또 하나 임대하였다.

보증금 및 인테리어 비는 본점을 처음 건설할 때보다 조금 올라서 3억 5천정도 빠져나갔다.

사실 원래는 이 가격으로는 조금 힘든 감이 있었다.

로드 카페가 대박을 치고, 본점이 워낙 유명해진 덕분에 소문을 듣고 찾아오는 사람이 굉장히 늘었다.

그뿐만이랴, 로드 카페의 직원들은 모두 미남미녀밖에 없다는 소문이 퍼져서 눈 호강 목적 혹은 헌팅을 노린 손님들도 찾아왔다.

사람이 많으니, 당연히 주위 상권도 활발해진다.

당연히 그에 따라 땅값과 임대료가 무시무시한 속도로 올랐다.

하지만 지우는 로드 카페 본점이라는 브랜드를 지닌 대표 이사인 덕분에, 어느 정도 주변 상권이나 건물주 등에게서 혜택을 볼 수 있었다.

어쨌거나, 가게 내부 인테리어를 하고 간판을 다고 그 외에 식탁이나 조리 기구 등등 필요 자재를 모두 옮기고 나니 또 약 천만 원 정도 빠져나갔다.

오픈 시기는 앞으로 일주일.

식재료가 아직 모두 도착하지 않았기에 인테리어를 완공하는데 3주일을 기다리고도 일주일이 필요했다. 즉, 총 한 달간의 시간이 훅 날아갔다.

그리고 그 덕분에 한 달 순익이 또 계좌로 들어왔는데, 세이렌 엔터테인먼트의 순익이 올라서 총 15억이 들어온 걸 확인했다.

저번 달에 다 쓰지 못한 7억가량의 돈과 합해서 놀랍게도 수중에 22억이 남았다. 보고 입이 찢어질 것만 같았다.

돈도 이렇게 나왔으니, 이대로 광고까지 계획하여 2억을 투자해서 정말 입이 쩍 벌어질 정도로 최대한 광고를 하였다.

세이렌의 방송계 인맥을 통해서, 텔레비전이나 신문, 그리고 라디오, 그리고 SNS을 통해서 서울 전체에 대대적인 광고를 했다.

"커피와 제일 어울리는 것은 뭘까요? 도넛은 너무 구시

대적인 발상입니다. 커피와 어울리는 건 단연 햄버거라 할 수 있습니다. 이제, 두 개의 천상의 맛을 먹고 저승까지 체험해 보고 오세요. 로드 버거(Road burger) 본점, 이제 곧 출시합니다."

"로드 버거와 함께 걸을 사업 파트너를 구하고 있습니다. 언제든지 연락해 주세요."

"솔직히 요새 제일 잘 나가는 기업 아닌가요? 로드 카페, 세이렌이 뒷배경으로 있습니다. 괜히 한강 자살 루트까지 마시고 안전하게 사업하세요. 당신들은 결코 젊지 않습니다. 원래 가진 게 많으면 잃을 것도 많은 거 아시죠?"

일말의 생각도 하지 않은 네이밍 센스!

어차피 맛이 굉장하니, 굳이 이름이 대단할 필요가 있을까 싶었다. 그래서 기존의 로드란 이름만 붙였다.

"햄버거는 근대에 들어서 약속된 요식업 중 하나지."

매직 익스펠러로 제조한 환상의 기름을 이용하여 만든 요식업은 바로 햄버거였다.

참고로, 요즘 한창 이름을 높여가는 로드 기업이 사업 범위를 이렇게 넓혀가자 대한민국 기업들도 관심을 가지며 주시했다.

원래 로드 기업은 그렇게까지 관심이 있을 만한 곳이 아니었다.

대한민국에는 카페가 워낙 많은데다가, 대부분 커피 시장 점유율은 스타 픽스(Star Fucks) 등의 외국 유명 브랜드가 차지하고 있었기 때문이었다.

하지만 마약을 의심할 정도로 압도적인 맛과 정신 집중 같은 미미한 효과까지 여러 요인이 겹치면서 로드 카페는 단숨에 성장하였다.

그뿐만이랴, 로드 카페의 창업주가 가희 윤소정과 함께 최근 기하급수적으로 성장한 세이렌 엔터테인먼트를 인수한 대주주와 동일인물이라는 것이 알려졌다.

이제 결코 우습게 볼 수 없는 규모로 커졌기에, 대기업조차도 로드 기업을 무시하지 않게 됐다.

다만, 다른 햄버거 기업들은 로드 버거의 광고를 보고 코웃음을 치며 무시했다.

대한민국의 햄버거 사업은, 솔직히 작은 수제 버거 가게 몇몇을 빼곤 프랜차이즈 사업이 불가능했고, 규모도 키우기가 힘들다.

세계적으로 수많은 점포를 지니고 있고 수십 년 동안 점유율을 차지하고 있는 여러 기업들이 자리를 내어주지 않기 때문이다.

전 세계인이 즐겨 먹는 음식인 만큼, 사업하는 데 중요한 안정성은 이미 인정받은 것이고 이로 인해 경쟁자의 힘과 숫자도 그만큼 대단했다.

그렇기에 햄버거에 도전했다가 망하거나 혹은 돈이 되지 않아 폐업할 것이라 생각하고 딱히 흥미를 갖지 않았다. 그냥 '돈 많은 놈이 어쭙잖게 시작하려 한다.' 라고 인식하는 정도였다.

"음, 로드 버거 최대 경쟁자들이 다들 날 무시하고 있어. 참으로 다행이야."

참고로 그 본인은 무시받는 것에 대단히 안도했다.

만약 권력과 금력으로 무장한 햄버거 프랜차이즈가 로드 버거를 고깝게 여기고, 온갖 반대를 하면서 방해 작업을 하면 어쩌나 걱정했기 때문이다.

"원래 마왕은 초보 레벨의 용사를 무시하다가 좆 되는 법이지!"

이번만큼은 결코 틀린 말이 아니다.

그렇다고 헛소리가 아닌 것도 아니다.

자본 자체가 적었으면 모를까, 이제는 젊은 기업가 중에서 괴물이 된 지우가 앱스토어의 상품이라는 최강최대의 병기를 드니 앞으로는 쏟아지는 돈을 쓸어 담을 일만 남았다.

게다가 혹시 망하면 어쩌나, 하는 약간의 걱정도 있어서 직원도 모조리 이차원고용에서 요정들을 대거 데려왔다.

"캬, 역시 외모지상주의는 아주 좋은 사회현상이야. 외모만 예쁘면 뭐든지 인정받고 인기가 많으니, 돈도 아주 잘 벌리는구나."

잘못된 상황을 보고 돈이 잘 벌린다며 기뻐하는 인간!

참고로, 이렇게 요정족들 지속적으로 또 대거 고용하다 보니 요정들에게 제법 신기한 이야기를 듣게 됐다.

"듣자 하니 요정왕께서 우리 고용주를 명예시민으로 삼은 모양이야."

"그래? 왜?"

"듣자 하니 이차원고용 자체가 앱스토어 서비스 중에서 사용률이 낮다네. 그중에서 우리 요정족은 비인기라서, 그것 때문에 요정왕이 외화벌이 못 한다고 골치 아파하셨거든."

"와, 돈만 주면 명예시민을 살 수 있는 거야?"

"과연, 요정계야!"

덕분에 모르는 사이 요정계의 명예시민이 된 모양이었다. 하지만 그렇다고 딱히 무슨 혜택이 있지는 않았다.

어쨌거나, 광고를 신나게 내보내기도 하고 기존에 있던 로드 커피의 극상을 이루는 맛 덕분인지 생각보다 사람들이 굉장히 많은 기대를 했다.

"와, 커피도 그렇게 맛있었는데 햄버거는 어떨까?"

"소문에 의하면 먹다가 어쩌면 죽을 지도 모른다는데."

"우린 완전히 망했어. 다이어트는 평생 하지 못할 거야."

"그런데 그 네이밍 센스는 어떻게 해 줬으면 좋겠어. 로드 버거라니, 그냥 길거리에 파는 싸구려 햄버거 같잖아."

"혹시 쥐 고기로 패티를 만든 건 아니겠지?"

"하하하, 그건 도시전설이야. 도시전설."

게다가 로드 버거를 위해서 여러 가지 병기를 준비해 뒀는데, 그중 하나가 바로 가희 윤소정이었다.

*　　　*　　　*

현재 대한민국 연예계에서 제일 떠오르는 스타를 꼽자면, 당연히 '가희' 윤소정이라 말할 수 있다.

또한, 인기가 많은 만큼 당연히 팬클럽도 존재한다.

'여기가 오늘 윤소정이 오픈 행사를 한다는 로드 버거인가?'

가희의 팬클럽 중에서도, 골수라는 소리를 들을 정도로 열렬한 팬인 송영길은 간판을 올려다보며 과거를 회상하기 시작했다.

시간을 거슬러 올라가, 윤소정이 세이렌 엔터테인먼트의 푸쉬를 받으며 막 데뷔할 때였다.

원래 아이돌이나 가수 등에 별다른 관심이 없었고, 하루를 벌어 살기 바쁘던 송영길은 우연찮게 친구가 공짜표가 생겼다며 음악 방송 방청객으로 가자고 초대했다.

당시의 송영길은 아르바이트가 없던 휴일 날 심심해서 따라갔다가 윤소정을 보고 큰 충격에 빠졌다.

아직도 당시의 일이 잊혀 지지 않는다.

조명이 꺼지고, 시커먼 어둠 속에서 휘광을 내뿜으면서 등장하는 윤소정을 보고 송영길은 마치 영혼을 그녀에게 빼앗긴 듯했다.

사랑이란 감정으로 첫눈에 반했다기보다는, 순수하게 그녀의 분위기에 사로잡힌 느낌이었다.

어쨌거나, 그 이후로 인터넷으로 팬클럽도 가입하고 이리저리 공연에도 따라가서 응원도 하였다.

그러던 어느 날.

딱히 돈을 써서 표를 구입하지 않아도, 윤소정을 볼 수 있다는 소식을 듣게 됐다.

처음 이걸 들은 송영길은 어이가 없었다.

'아니, 무슨 무명 신인도 아니고 겨우 햄버거 가게 오픈 행사를 뛰어? 대표 이사인 정 뭐시기도 미쳤구만!'

송영길에 있어 윤소정은 천사이며, 여신이었다.

이 삭막한 세상을 밝혀주기 위한 성녀였다.

받들어 모셔도 부족하지 않을 텐데, 소속사 대표 이사라는 놈이 자기 사업 때문에 그녀를 이런 저급한 행사에 뛰게 하는 것을 용서할 수 없었다. 덕분에 팬클럽에서도 정 뭐시기를 욕하는 일로 가득했다.

하지만, 욕을 하면서도 송영길은 로드 버거로 향했다.

평소에는 표가 모두 매진되어, 보기도 힘든 윤소정이니 그래도 좋은 기회라 여기며 갈 수밖에 없었다.

"여러분, 모두 안녕하세요."

"와아아아악! 윤소정! 윤소정! 가희! 가희!"

팬클럽이 지정해 둔 티셔츠를 입고, 한낮인데도 불구하고 마치 기본 장착 무기처럼 든 야광봉을 꼬나 쥔 채로 송영길은 경호원에 둘러싸여서 눈부시게 웃고 있는 윤소정을 보고 목이 터져라 소리쳤다.

"와, 진짜 윤소정이다!"

"정 뭐시기 놈도 미친 것이 틀림없어! 윤소정 보려면 십만 원은 써야 할 텐데, 그냥 이런 햄버거 가게 오픈 행사를 하다니……."

"우리 여신님을 우습게 보는 것은 마음에 들지 않지만, 그래도 이런 건 제법 괜찮은데!"

이제는 평생 볼까 말까 할 정도로, 유명해지고 바쁜 윤소정을 이렇게 가까운 곳에서 한가히 볼 수 있으니 팬클럽의 반응은 터질 것 같았다.

"얼굴 진짜 작다."

"팔다리도 가늘어. 툭 치면 부러질 것 같아."

"와아……."

일반인들은 모르는, 아우라 베타 급의 힘은 굉장했다.

로드 버거에는 눈이 돌아갈 정도로 미남미녀인 요정 직원들이 있었으나, 그들은 존재감을 최대로 낮춘 데다가 명성도와 아우라의 힘을 쓸 수 있는 윤소정이 있으니 모두 시선이 그쪽으로 고정되어 움직일 생각을 하지 않았다.

"오늘은 대표님 부탁으로 이렇게 오픈 행사를 하러 왔어요. 할 일이라곤 안내하는 거랑 줄 통제밖에 없지만……그래도 성심성의껏 하겠습니다. 잘 부탁드려요."

윤소정이 머리를 귀 뒤로 넘기고 머리를 숙여 예의 바르게 인사했다.

"와아아!"

그러자 주변 사람들이 열렬한 반응으로 답해 주었다.

이후, 로드 버거가 문을 열자마자 많은 사람들이 안으로 들어섰고, 미리 섰던 줄로 차츰 줄어들었다.

하지만 그것도 잠시. 가게 안에 좌석이 순식간에 가득 차자, 다시 끝이 보이지 않을 정도로의 많은 줄이 잇따랐다. 그야말로 무시무시한 화력이었다.

앉아서 먹고 싶은 사람도 있었지만, 좌석이 워낙 가득 차고 줄어들 기미가 안보이니 몇몇 사람들은 그냥 포장해서 가져가기도 했다.

참고로 송영길은 운 좋게도 좌석 하나를 차지할 수 있었다. 오늘 새벽부터 다른 팬들과 함께 기다려왔던 보람이 있었다.

"와⋯⋯정말 예쁘다."

가게 안과, 바깥을 바쁘게 돌아다니면서 친절한 안내를 하는 윤소정을 보니 넋이 절로 나갔다.

함께 온 다른 팬들도 마찬가지였다. 특히 남자들의 반응이 심했는데, 꼭 영혼이라도 빼앗긴 광경이었다.

송영길도 햄버거를 손에 쥔 채, 한 입도 먹지 못하고 침을 질질 흘리면서 그저 윤소정을 보고, 목소리를 듣는 데만 집중했다.

그러기를 몇 십여 분, 영원히 갔으면 좋으련만 애석하게도 이 소중한 시간을 방해하는 존재가 있었다.

로드 버거 유니폼을 입고 웃는 건지 아닌 건지 모를 정도로 어색한 표정을 보이는 직원이었다.

"저, 손님."

게다가 직원은 누가 봐도 모델이 아닌가 싶을 정도로 무척 잘생긴 미남자였다. 그가 말을 걸자 송영길을 포함하여 근처에 있던 남성 팬들은 기분이 상했다.

'칫, 뭐야. 세이렌 소속 연예인이라도 썼나?'

'뭐 이리 잘생겼데?'

'난 잘생긴 것들은 딱 질색이야.'

송영길은 남자 직원을 보자마자 마음에 들지 않았다.

본인이 평균에 닿을락 말락 할 정도로, 그다지 준수하게 생긴 편은 아니었기 때문이었다. 살도 제법 찌고, 여드름도 나서 솔직히 호감을 끌 외모는 아니다.

그러다 보니 이렇게 부담스러울 정도로 잘생긴 사람을 보면 자동으로 목과 어깨가 움츠려든다.

"예, 예. 왜 그러죠?"

마음 같아선 '지금 소중한 때인 거 몰라? 당장 꺼져!' 라고 불호령을 내뱉고 싶었지만, 그런 배짱이 없는 송영길은 조금 겁먹은 얼굴로 물었다.

"아까부터 햄버거를 드시지 않던데⋯⋯죄송하지만, 드시지 않을 거면 포장해드릴 테니 자리 좀 비워주시겠습니까? 기다리시는 손님들이 많아서요."

"끄응."

그 말에 송영길이 약간 양심이 찔리는지 주변을 슥 둘러봤다. 길게 늘어진 줄에 서 있는 손님들이 힐끗힐끗 하고 자신 쪽으로 쳐다보는 것이 보였다.

'뭐야, 나도 엄청 기다려서 햄버거를 샀다고. 그럼 내 마음대로 할 수 있는 거 아니야?'

정말로 양심이 찔린 걸까, 하는 마음씨를 가진 송영길이 속으로 구시렁거렸다.

하지만 주변 시선이 조금 따갑기에, 어쩔 수 없다는 듯이 햄버거를 들었다.

"먹을 거니까 걱정 마세요. 이깟 햄버거가 뭐라고⋯⋯."

솔직히 햄버거 광고를 엄청 때리고, 인터넷에서도 맛있을 것이라고 많은 사람들이 설레발쳤지만 그렇게까지 기대는 하지 않았다.

햄버거가 맛있어 봤자, 햄버거다.

솔직히 지금 이 열렬한 반응도 다 거품이다. 만약 윤소정이 떠난다면 사람들 모두 발걸음을 옮길 것이다.

그렇게 생각하며, 햄버거를 한 입 베어 문다.

"우물우물……봐봐, 역시 별거 아니잖아. 씹힐 때 느껴지는 빵이나 채소는 그냥저냥이야. 딱히 맛있지도 않아. 볼 것도 없이 쓰레기야."

송영길은 코웃음을 지으며 로드 버거에 악평을 했다.

이깟 쓰레기가 무려 칠천 원, 더럽게도 비싸다.

우물우물, 햄버거를 계속 씹으면서 송영길은 어디 한 번 엿 먹어 봐라는 느낌으로 독설을 계속했다.

"소스도 그냥저냥 적당히 섞은 것 같아. 그리고 햄버거에 제일 중요한 패티는……허어, 이딴 쓰레기를 가져오다니. 씹는 맛이 쫄깃쫄깃하고 혀 위에서 녹잖아? 게다가 기름이 너무 많아. 이렇게 덕지덕지 발라봤자 살만 찐……."

하지만, 송영길은 다음 말을 잇지 못했다.

그의 표정이 단 일 초 만에, 말로 형용할 수 없는 경악으로 뒤바뀌었다.

그것은 마치 세상의 법칙이 바뀐 것과 같다.

주변에 있던 햄버거 가게의 풍경은 사라졌다.

그가 그렇게나 열광했던 윤소정도 없었다.

"울루루(Uluru)……?"

울루루.

호주의 노던 테리토리 주(Northern Territory State)의 중심부에 위치해 있으며, 사암(砂巖)으로 된 엄청난 크기의 바위이며 일명 에어즈 록(Ayers Rock)이라고도 불린다.

호주라고 해서 도시에 있는 게 아니라, 황량한 사막 한가운데 있으며 가장 가까운 도시인 앨리스 스프링으로부터 남서쪽으로 무려 335km 떨어져 있는 곳이다.

1987년에 유네스코 세계유산으로 선정되기도 한 울루루라는 이 바위덩어리는 무려 둘레 9.4km에 높이 약 348m에 달하며, '지구의 배꼽'이라고 불리기도 한다.

사진으로도 한 번 봤던 그 광경에, 송영길은 당혹스러운 얼굴로 중얼거렸다.

"이게 대체 무슨……헉? 뭐야, 이거. 자세히 보니……바위가 아니라 빵?"

자세히 보니 모래가 퇴적되어 생긴 암석이 아니라, 참깨까지 올라온 햄버거 빵이었다. 더더욱 혼란이 일어났다.

왜 빵이 발아래에 눌려 있는지 이해가 안 간다.

"내가 알고 있던 지구의 배꼽이……햄버거였다고?"

현실과 환상을 구분하지 못하게 된 송영길은 입을 쩍 벌리며 이 유치한 장난에 따라가야 할지 고민했다.

"젠장! 날 집으로 돌려보내……히이익!"

아직 놀라기에는 이르다.

서울 시내 한복판, 햄버거 가게에 있던 송영길은 호주의 사막 한가운데 온 것도 황당한데 더더욱 기이한 일을 겪기 시작했다.

옆에서 함께 탐탁지 않은 얼굴로 햄버거를 먹으려 했던 팬클럽 회원들이, 모두 수도승 마냥 허리를 곧게 세우고 합장한 자세로 눈을 감은 채 주변에 앉아서 고요하고 신비로운 분위기를 내고 있었다.

"저기요, 회원 여러분! 지금 무슨 일이 일어 난거죠? 왜 다들 그렇게 자연스럽게 앉아 계신 거죠!"

"……."

하지만 그들은 대답하지 않았다.

그저 두 눈을 감고, 어떠한 표정도 짓지 않고 득도한 고승마냥 이상야릇한 풍경을 자아내고 있었다.

이에 송영길은 몇 차례 다시 회원들에게 소리쳤고, 다행히도 목소리를 들었는지 팬 중 한 사람이 눈을 떴다.

머리가 빠지고 왜소해 보이는 일명 '삼촌' 팬이었다.

"제일 먼저 오셨거늘……아무래도 현실에서 도망치고 있는 중이구려."

"무, 무슨 소리예요? 아저씨!"

"굳이 말을 해야 하겠습니까, 대협. 대협은 알면서도 억지로 피하고 있을 뿐이오."

"저게 뭔 개소리야!"

"후우, 어쩔 수 없구려……모두, 보여주십시다. 선구자께 우리가 깨달은 바를 알려주십시다."

삼촌팬의 지휘에 따라, 송영길을 중심으로 둥글게 가부좌를 틀고 앉아 있던 팬들이 마치 짜 맞추기라도 한 듯 동시에 한 동작을 했다.

그건, 세이렌 엔터테인먼트에서 직접 디자인도 해 주고 할인까지 더해 판매해 준 은혜로운 갑옷이자 성벽. 또는 병기, 혹은 영혼이라 불리는 팬클럽 공식 티셔츠를 망설이지 않고 벗어던지는 모습이었다.

그 광경을 목격한 송영길의 두 눈이 찢어질 듯이 커지며, 분노로 들끓는 목소리를 냈다.

"신성모독이다!"

다른 때라면 모를까, 한 뜻을 갖고 모인 장소에서 성녀를 비호할 수 있는 갑옷을 벗다니, 그들은 제정신이 아닌 것이 틀림없었다.

툭. 투둑. 투두두둑.

쏴아아아아아.

하늘에서, 비가 내린다.

다만 빗방울이 아니라 고기 패티가 내린다.

그것도 무분별하게 쏟아지는 것이 아니라, 마치 하나의 예술을 만들어 내 듯 허공에서 빙글빙글 회전하며 슬로우 모션으로 떨어졌다.

"아, 안 돼! 이럴 리 없어! 난 아니야! 윤소정님은 어디 계시냐? 나의 천사님은 어디 계시냐는 말이냐!"

송영길의 동공이 지진이라도 일어난 듯 마구 흔들렸다.

그 안에 담긴 감정은 끝없는 불안과 공포, 그리고 무언가의 미련에 잡힌 애절함이었다.

그 순간.

화악, 하고 눈부신 빛이 뿜어져 나왔다.

그 빛은 마치 태양과도 같아서, 감히 눈을 뜨기가 힘들 정도였다. 마치 성인(聖人)이 강림한 듯 그 빛줄기는 지구의 배꼽을 감싸 안으면서 한 쌍의 거대한 날개를 만든다.

그렇게 화려한 빛 축제와 동시, 하늘에서 송영길이 그토록 원하던 사람이 천천히 내려온다.

다만 그 복장은 로드 버거의 직원이 입고 있던 유니폼이었지만, 상관없었다. 여신은 뭘 입든 아름답고 빛난다.

아니, 단 한 가지만 빼고.

하늘에서 내려와, 자비로운 미소를 흘린 윤소정은 두 손안에 조심스레 햄버거를 품고 있었다.

"아아……그렇구나, 그런 거 였나……."

송영길은 무언가 깨달은 듯, 부드럽게 웃으면서 머리를 끄덕였다. 그러곤 윤소정에게 들린 햄버거를 받아들이면서 뜨거운 눈물을 흘렸다.

"그렇소. God☆소정 회원님."

삼촌 팬이 따스하게 미소 지으며 말한다.

"툭 까놓고 말해서, 맛있는 걸 먹어야 응원도 그만큼 잘 나오지 않겠소?"

"크흐으윽……!"

"가희님 가라사대, 로드 버거를 첫째로 하고 나를 둘째로 하여라."

"맛있다, 맛있어……맛있단 말이다아앗!"

요정 직원들이 한쪽을 노골적으로 바라보며 수군거렸다.

"저 인간들 방금 공중부양한 것 같은데?"

"멍청아, 그게 중요한 게 아니야. 지금 돈 적게 내고 어떻게든 시간 때우려고 난리 중이잖아."

요정 중 한 명이 근처에서 상황을 지켜보던 지우에게 다가가 물었다.

"고용주님, 저 사람들 어떻게 하죠?"

"쫓아내!"

제6장

유능한 인재를
아래로 두면 편하다

— 로드 버거, 그야말로 대박!

— 로드 기업의 신규 사업, 폭발적인 인기 자랑해

— 코웃음 쳤던 햄버거 기업 '패닉'

— 오픈 행사에 맞춰 친절 안내한 가희.

— 햄버거 매장에서 서 있기만 해도 '화보'

— 윤소정 팬클럽 회원들, 단체로 햄버거 대량 구매

"햄버거는 세상에서 제일 위대한 음식이야."

매출액을 확인한 지우는 도저히 햄버거를 칭송하지 않고

넘어갈 수가 없었다. 그만큼 신규 사업은 크게 성황하였고, 대성공을 이루었다.

일일 식재료 모두가 눈부신 속도로 사라졌기에, 굳이 안 팔리면 어쩌나 하는 걱정을 할 필요가 없었다.

반대로, 식재료 부족 현상이 일어나고 있어서 나중에 돈이 생기면 아무래도 식용유 공장을 만들어야 할 필요가 있었다.

마음 같아서는 매직 익스펠러를 더 구입하고 싶었지만, 앱스토어 상품은 몇몇 재료나 포션 등 특수한 걸 빼면 중복해서 구입할 수 없어서 그렇다.

그만큼, 손님들의 반응은 폭발적이었으며, 호평의 연속이었다. 어느 누구도 불평 한 마디 하지 않았다.

사실 햄버거에 대해서 지우도 조금 걱정을 하긴 했다.

패티만 식용유를 곁들여서 구운 것이지, 그 외에 빵이나 채소 혹은 소스 등은 일반적인 걸 써서 그렇다.

나쁜 건 아니었지만, 딱히 최고급 품질은 아니었다.

하지만 놀랍게도 그 요소들을 모두 무시할 정도로 식용유가 곁든 음식은 위대하고 사기적인 맛을 보여 주었다.

기다리는 사람들만 윤소정에게 집중했지, 그 외에 음식을 먹어본 사람들은 가희고 뭐고 대통령이 와도 신경 쓰지 않을 지경이었다.

"정산, 정산……."

햄버거의 구성은 빵, 채소, 피클, 패티, 소스다.

이걸 대량으로 주문하는 방법으로 원가를 제법 싸게 구입하여 햄버거 자체의 원가를 총 계산해 보니 500원이 나왔다.

그리고 마법의 식용유로 튀긴 감자튀김의 경우도 대충 잡아서 200원이 나왔다. 음료의 경우는 콜라가 아니고 물 아니면 로드 커피로 해서 거의 들지 않았다.

가장 중요한 판매가는 햄버거가 7000원, 감자튀김 2000원, 로드 커피는 카페와 동일한 가격은 5000원으로 세트로 주문할 시에 1만 4천 원이라는 부모님 안 계시는 가격이 나왔다.

솔직히 말하자면, 비싸다. 확실히 비싼 편에 속했다.

하지만 그 비싼 돈을 주고 살 정도로 햄버거와 커피의 맛은 말로 표현되지 않는 퀄리티가 나왔다.

그렇기에 지우는 이 맛에 대한 보장과 더불어, '로드'라는 브랜드 가치를 더해서 이렇게 팔아치웠다.

칼만 안 들었지 날강도나 다름없는 행태다.

"다행히 단품만 사가는 사람은 별로 없었네. 세트 판매

기준량만 보면 순익은 햄버거, 감자튀김, 커피 원가 1200
원을 빼서 1만하고도 2800원. 일평균 2000세트 정도 팔리
니까……흐으읍!"

계산기를 두들기면서 월 순익을 계산하니 몸이 감동으로
파르르 떨려 왔다.

"하루 순익이 2560만! 월 순익 7억 6800만!"

참고로 한 점포의 순익만 계산한 것이다.

로드 카페나 세이렌의 순익을 더한 것도 아니었다.

광고에 2억이나 투자했는데, 월 순익이 이렇게나 나온다
면야 손해도 아니었다. 아니, 애초에 이런 위력을 지니고
있었다면 그냥 광고를 하지 말 걸 그랬나 싶었다.

참고로, 이건 결코 거품이 아니다.

로드 카페를 막 열었을 때처럼, 하루가 멀다 하고 손님들
이 줄을 이으며 방문하고 있었다.

덕분에 세이렌 엔터테인먼트의 주가가 기하급수적으로
오르고 있었으며, 그 외에도 확대 효과를 보면서 로드 카페
나 로드 양로원도 여러모로 득을 보고 있었다.

참고로 체인점 문의도 전화가 불이 나도록 오고 있었다.

덕분에 지겨운 광고 메일밖에 없었던 지우의 메일함에
별별 온갖 문의가 찾아오고 있다.

이제 더 이상 소규모 사업이 아니라, 건실한 하나의 기업이라 불러도 될 정도로 성장하였다.

"크하하하! 그래, 그래. 이거야. 아주 이거야!"

거짓말 같은 일이 벌어진다.

혹시 꿈은 아닌가 싶어 볼을 꼬집는다.

하지만 천만다행으로 볼에서 아픔이 느껴졌다.

꿈 따위가 아니다.

그런 어이없는 일은 일어나지 않았다.

"예, 여보세요. 박영만 씨?"

─ 대표님! 소식 들었습니다. 정말 축하드립니다. 게다가 이게 이슈가 되어 윤소정 씨도 더욱 유명해졌습니다! 지금 출연 문의가 쇄도하고 있다고요!

비록 햄버거를 먹고 있는 동안, 윤소정에 대한 존재는 희석되었으나 그렇다고 아주 묻힌 것은 아니었다.

로드 버거가 이슈가 된 덕분에, 열심히 오픈 행사에서 안내를 한 윤소정도 몇 차례 주목을 받았다.

그러다 보니 원래 가수에 별로 관심이 없던 사람들도 로드 버거라는 맛 집을 방문하고 조사하면서 신규 팬 층이 늘게 됐다.

그녀의 힘으로 광고도 하고, 또 대박이 터져서 그녀 본인에 대한 광고도 했으니 일석이조였다.

"저도 알고 있습니다. 그보다 세이렌 건물에 직원 식당 있죠? 거기에 로드 버거 2호점을 세웁니다."

— 정말입니까? 그렇지 않아도 회사 내부에서 모두 로드 버거를 먹고 싶다는 눈치입니다. 직원들도 무료로 로드 버거를 마음껏 먹을 수 있다면 좋아하겠네요!

로드 버거의 오픈 전, 박영만은 대표 이사가 신규 사업을 한다는 소식에 여러모로 축하해 주면서도 옆에서 돕기 위해 간간이 들른 적이 있었다.

그때 로드 버거를 시범으로 먹어봤기에, 그도 은근히 세이렌 직원 식당에 들어오기를 바라고 있었다.

세이렌의 직원 식당은 파산하기 직전까지는 없었지만, 돈을 많이 벌게 된 이후로 직원 복지 중에서 점심값을 무료로 책임져주기로 했다.

그래서 로드 버거가 들어오는 것을 크게 반겼다.

"무료요? 당연히 유료죠. 먹고 싶으면 돈 내고 드세요."

— …….

결정이 되자마자 행동은 빨랐다.

박영만과 통화하여 로드 버거 2호점을 세이렌 본사 건물 지하에 넣기로 하였다.

그 외에도 박영만에게 여러모로 부탁을 하여, 세이렌 내부에서 부서 하나를 창설하였는데, 바로 지우를 대신해서 로드 버거와 카페 등을 관리하고 운영할 식품경영부(食品經營部)였다.

"돈을 많이 벌게 된 건 좋지만, 슬슬 혼자서 경영하기가 힘들어졌다."

대학 전공으로 경영학을 한 것도 아니고, 머리도 그다지 좋지 않은 지우는 능력의 한계를 느꼈다.

원래는 로드 카페의 경우는 본점을 제외하고 분점의 관리는 리즈 스멜트의 한소라가, 그리고 로드 양로원은 원장인 심청환이 도맡고 있어서 신경 쓸 것이 거의 없었다.

세이렌이야 뭐 애초부터 지우가 설립한 것도 아니고, 운영하는 것도 아니었으니 원래부터 수익만 받아내면 됐다.

하지만 로드 버거를 세우면서 손쓸 일이 많아졌다.

그동안 원가의 재료 등은 간간이 집에서 나름대로 유통시키고, 계약도 체결했지만 이제는 무리였다.

마음 같아서는 만능 치트며, 별로 신경 쓸 것이 없는 요정들을 쓰고 싶었지만 경영은 맡기가 힘들었다.

알다시피 님프를 제외한 직원들은 인간사에 잘 모르며 영업하기엔 성격이 좋지 않아 거의 불가능하다.

경영 또한 마찬가지여서, 분점의 경우 솔직히 한소라에게 거의 맡기기도 하였다.

어쨌거나, 이런저런 이유로 운영, 관리 등을 더 이상 요정에게만 맡겨두기에는 규모가 너무 커져서 어쩔 수 없이 인간들을 고용하기로 마음먹었다.

그래서 생각난 것이 세이렌을 통하여 사람들을 구하기로 한 거였다.

심청환은 사회복지사다보니 성질이 좀 안 맞고, 박영만은 원래부터 경영자였으니 사람을 알아보고 또 다른 경영하는 데도 알맞다.

박영만 자체는 이미 세이렌을 운영하고 있으니 문제지만, 그에게 부탁하여 사람들을 구하고 식품경영부를 창설시켜 운영해달라는 건 가능하다.

연예기획사 사장이었던 박영만은 졸지에 요식업도 하게 돼서 좀 당혹하긴 했지만, 방송계 연줄을 통해 예능 프로그램에도 출연하는 요리사들에게 연락해서 도와주기로 하였다.

그 덕분에 성공적으로 식품경영부가 창설했고, 직원들을 모아서 로드 버거의 체인점 계약, 식재료 유통 및 운송 등 기타 업무를 모두 대신하기로 했다.

"원래 무능력한 사람이 뭔가 하면 망하는 법이지. 난 내 능력의 한계를 아주 잘 알고 있어. 이렇게 된 거 유능한 사람들을 내 밑으로 두고 알아서 굴리게 하는 거야. 으흐흐흐!"

자존심이라곤 눈곱만큼도 없는 태도!

남들에게 모두 맡기고, 돈만 벌려는 놀부 심보!

아랫것들을 미치도록 굴리는 악마!

만약 직속 상사로 두기에 기피하는 인물 순위를 매기는 연말 이벤트를 연다면 결코 빠지지 않고 최상위권에 자리를 차지할 만한 수준이었다.

"나도 최근에는 쉬지 않고 일만 했잖아. 게다가 앱스토어 고객과 판타지 액션도 좀 찍었고. 이제 슬슬 놀면서 꿀 좀 빨아야 하지 않겠어?"

* * *

오랜만에 소원대로 당분간 휴식을 취했다.

물론 할 일이 아예 없는 것은 아니었고, 대표의 결정이 필요한 일이라면 회의에도 종종 참석하여 확인했다.

그 외에는 제일 중요한 총매출과, 순익과 회사 예산을 어디다 쓸지 결재 서류를 받는 것. 그뿐이다.

"한 세 달 정도는 가만히 앉아서 받는 돈이나 확인해야지. 그리고 점점 체인점 늘어가는 것 확인하고, 자본 좀 모아서 규모가 큰 대규모 사업을 하는 거야."

쉬는 도중에도 끝없이 나오는 걱정들!

지금 돈을 많이 벌긴 하지만, 지우는 이것이 영원히 갈 것이라고 결코 자만하지 않았다.

물론 요식업의 경우, 현대 기술과 과학력이 급속도로 진화되어 SF소설처럼 캡슐 하나로 배를 채우는 것이 아닌 한 망하지는 않겠지만 그래도 혹시 모른다.

어떤 사고가 일어나서, 언제 망할지 모른다.

좋게 말하면 자만하지 않는 것이었지만, 사실 좀 나쁘게 말하면 불안과 겁이 너무 많았다.

'그렇지만 끝까지 안도할 수는 없어. 세상일은 정말 모르는 일이야. 예전에 어머니의 때처럼.'

맨 처음, 갓도리 사업으로 크게 성공하고 돈을 벌었을 때다. 그때 어머니가 어떤 불행으로 교통사고가 나셔서 하마터면 반신불구가 될 뻔했다.

그때의 돈이 없었던 그 무기력함을 아직도 잊을 수가 없기에 아직까지도 불안할 수밖에 없었다.

그가 제일 우선하는 목표는 이 세상 모든 일을 대부분 해결할 수 있을 만큼의 압도적인 재화였다.

지금도 충분히 잘 벌기는 하지만 목표에 올라서려면 아직 부족하다. 더더욱 벌어서, 주변 사람들이 모두 우러러볼 정도로의 부자가 되어야한다.

그렇게 세상에 대한 불안과 위험을 다시 한 번 생각하며 쉬고 있는 지우에게 전화 한 통이 걸려왔다.

얼마 전에 세이렌에서 창설한 식품경영부였다.

참고로, 세이렌 내부에서 식품경영부에 대한 인기는 상당한 편에 속했다.

원래 보통은 부서가 하나 창설되거나 하면 직원들은 부서 이동을 당할까 봐 좀 두려워하는 경향이 있다.

전혀 다른 부서로 이동을 당하면, 그 관련 일에 대해서 다시 배워야 해서 제법 힘들다. 그뿐만이랴, 만약 부서가 잘 되지 않아서 폐부될 경우에는 입장이 매우 곤란해진다.

다른 부서로 가서 또 다른 일을 배워야하기 때문.

만약 이동할 자리조차도 없다면 곧바로 해고다.

하지만, 이번 식품경영부의 경우에는 좀 사정이 달랐다.

일단 세이렌의 대표 이사가 억 단위의 광고비와 더불어 여러모로 신경 쓰는 신규 사업이기도 하며, 이번 로드 버거가 워낙 대박이 난 덕분에 이 부서에 들어가기만 하면 회사 내에서도 어깨 좀 피고 다닐 확률이 높았다.

게다가 건물은 세이렌과 함께 쓰며, 사원들 몇몇도 세이렌에서 일하던 이들이긴 하지만 말만 그렇고 솔직히 완전히 다른 계통의 회사이기도 하다.

안전과 사업성이 높은 이 식품경영부에 일찍 들어가, 잘만 된다면 말단에서 간부진으로 들어갈 수 있을지도 모르는 기회라는 생각이 들었다.

그 덕분인지 식품경영부에 부서 이동을 당한 사람들은 그다지 기분 나빠하지 않고, 열심히 하겠다는 의욕을 보여주며 열렬하게 일 처리에 들어섰다.

어쨌거나, 그 식품경영부의 부장에게서 온 연락은.

"로드 버거와 로드 카페, 제주점이라……."

체인점 문의가 아니라, 하나의 기획서였다.

알다시피 로드 버거와 카페의 경우 그 인기는 전국으로 전파되긴 했으나 안타깝게도 아직 서울에밖에 없다.

물론 지금 전국에서 체인점 문의가 곳곳에서 들어오고 있으니 점유율을 걱정할 필요는 없다.

그래서 가만히 기다리면서 그냥 자본금으로 투자하지 않고, 체인점만 늘리면서 돈을 벌려고 하였는데 — 이렇게 식품경영부의 부장이 생각지도 못한 제안을 했다.

"좋아, 내 돈 써서 제주도에 분점 세워야하는 이유가 뭐가 있는지 어디 한 번 지껄여보도록."

제주도는 관광객 유치를 위해서, 대한민국과 사증 면제 프로그램을 채결하지 않은 국가의 국민일지라도 제주특별 자치도에는 30일간 무비자 체류가 가능하도록 했다.

관광특구로서의 육성이라는 의도 이외에도 본토와 통하는 루트가 한정된 섬이므로 통제가 용이하다는 점이 있다.

또한, 공장이 거의 없어 불법체류자의 기반이 될 여지가 적은 점 등도 정책이 가능했던 원인으로 생각됐다.

입국심사가 매우 간편한 편인, 홍콩이나 마카오 등을 벤치마킹하여 시도한 듯했다.

물론, 당연한 이야기지만 아무리 이런 제도가 있다 하여도 이란 등 일부 테러지원국이나 미승인국 국적자는 비자가 필요하다.

어쨌거나, 이 사증 면제 프로그램 때문에 특히 중국에서 엄청나게 많은 관광객들이 몰리고 있는 중이다.

그 연유를 살펴보자면, 제주도가 중국인들이 마음 놓고 해외여행을 갈 수 있는 몇 안 되는 곳 중 하나이기 때문이다.

비록 몇 년 전부터 중국의 경제 규모가 세계 2위까지 성장했으며 부자가 많아졌다지만, 그건 어디까지나 일부일 뿐이다. 대다수의 중국인들은 여전히 빈곤하다.

이러한 중국인들의 자국 내 불법 체류 및 노동을 막기 위해, 대한민국과 일본을 비롯한 많은 선진국들은 중국인 여행자에게 재산증명서를 비롯하여 온갖 귀찮고 어려운 절차를 요구한다.

그런 상황에서 중국인들이 아무 부담 없이 무비자로 갈 수 있는 얼마 안 되는 근처 외국이 제주도여서, 유독 인기가 많을 수밖에 없었다.

"확실히 괜찮네. 체인점을 세우면 내가 굳이 운영하지 않아도 되지만, 순익은 일부분밖에 받지 못하니까. 하지만 내가 투자해서 분점을 세운다면 중국인들한테 그대로 돈도 받을 수 있고, 해외 진출도 쉽게 할 수 있을 거야."

제주도에 외국인이 많다. 그건 곧 우리나라 사람 외에도, 외국인들에게 공짜로 광고할 수 있다는 점이다.

물론 햄버거다보니 관심을 가져줄지 의문이긴 했으나, 설사 해외 진출까지 못해도 제주도에서 자체적으로 돈은 상당히 벌 수 있었다.

식품경영부의 부장이 보내온 기획서를 꼼꼼히 읽고 상당

히 괜찮다는 생각이든 지우는 더 이상 고민하지 않았다.

다시 또 일을 하게 되는 건 매우 귀찮은 일이긴 하지만, 그래도 별 고생하지 않고 쉽게 돈을 벌어들일지 모른다는 생각에 의욕이 충만했다.

"좋아, 이렇게 된 거 제주도에서 사업도 하고 조금 이르지만 바캉스도 즐기자고!"

게다가 사람이 꼭 가서 일만 하는 것은 아니지 않는가.

원래 먼 곳으로 출장을 나가면, 그곳에도 업무도 하고 놀거나 여유를 부리며 쉬기도 하는 법이다.

*   *   *

그리고 한 달 후.

그는 제주도행 비행기에 탑승하게 됐다.

식품경영부 부장이 제주도까지 미리 날아가서, 시내 조사도 하고 임대할 건물이나 시세 등을 확인한 뒤에 여러 협상이나 영업을 뛰는 것을 기다려야 해서 그랬다.

물론 상가 건물 임대 자체는 얼마 걸리지 않았으나, 로드버거 제주점을 들여 놓느라 여러 준비를 해야 했다.

인테리어 공사 때문에 시간이 들기도 하지만, 정작 중요한 버거에 들어가는 식용유나 커피의 볶은 원두의 운반 때문이다.

참고로 압도적으로 식재료가 부족하여, 영업시간 자체는 오전 열두시 경에 끝났으나 식재료는 요정 직원에게 부탁하여 서로 돌면서 24시간 내내 제조를 부탁하였다.

김포공항.

"퍼스트 클래스라, 고것 참 기대되네요. 영화에서나 봤던 좌석인데 이용할 줄은 몰랐습니다."

바퀴가 달린 여행 가방을 끌며 검색대를 지난 지우가 두 눈을 반짝였다.

"그런가요?"

그를 뒤따라 검색대를 지난 한소라가 물 만난 어린애처럼 주변을 이리저리 살펴보는 지우를 보고 쓰게 웃었다.

인상을 제법 가려주는 선글라스, 허리 라인이 들어간 여성용 정장의 구성은 와이셔츠와 재킷으로만 구성됐다.

그 아래에는 다리의 매력을 뽐낼 수 있도록 매끈한 커피색 스타킹과 허벅지까지 내려오는 H라인 정장 치마다.

"전 퍼스트 클래스밖에 몰라서요. 비즈니스 클래스랑 이코노미 클래스는 무슨 차이가 있는 거죠?

한소라는 흔히 말해 금수저다. 어렸을 적부터 일반 서민들이 꿈도 못 꿀 온갖 호사를 부리고 자라왔다.

그러다 보니 일반인들이 돈이 없어서 평소 누리던 것에 대해서는 잘 모른다. 항상 최고의 품질과 대접을 받아왔기에, 정말 순수하게 궁금하여 물어본 것이다.

딱히 나빠 보이지는 않았지만, 일반 서민들 입장에서는 조금 재수 없게 보였다.

학교에서 저런 말을 하고 다니면 '역시, 부자란!' 이라며 은근하게 따돌림 당하고도 남는 태도였다.

하지만 지우는 그녀의 물음에 따스하게 웃으며 말했다.

"비행기 자체를 처음 타보는 거라서 저도 잘 모르겠는데요."

"……."

생각지 못한 답변에 한소라가 당황했다.

그녀는 어찌할 줄 몰라 하다가, 이내 쿡쿡 하고 소리 죽여 입을 가리고 웃었다.

"지우 씨는 항상 농담을 잘하시네요."

"농담 아닌데요."

"……수학여행으로 가 본 적 없으세요?"

"수학여행으로 제주도를 간다는 학교가 있다고는 들었어요. 하지만 우리 학교는 제주도로 가지 않았을뿐더러, 애초에 전 수학여행 가 본 적 없는데요."

"네? 왜요?"

한소라가 두 눈을 동그랗게 뜨며 깜짝 놀랐다.

"돈 없어서 안 갔어요. 그리고 그때 친한 친구들도 없어 가지고 딱히 갈 이유가……."

보통 중학교나 고등학교 때 수학여행은 아무리 돈이 없어서 꼭 가야만 하는 이벤트 중 하나다.

수학여행을 다녀온 뒤, 클래스메이트들끼리 추억이 생겨서 그걸로 더 친해지거나 일주일에서 이주일 간은 그 주제로 이야기하기 때문이다.

만약 함께 여행을 다녀오지 않았다면, 그 주제에 껴들지도 못하고 어색해진다. 그대로 외톨이 루트 일직선이다.

하지만, 원래부터 외톨이며 반 친구들에게 딱히 존재감도 없었던 지우다보니 그런 피해 자체를 입지 않았다.

그래서 그 이후로 수학여행을 참여하지 않았다.

심지어 담임선생님들조차 지우가 가지 않겠다고 말을 꺼내자, '그래?' 하고 쿨하게 머리를 끄덕이셨다.

"그……미, 미안해요. 왠지 안 좋은 기억을 꺼내게 해서……."

주변에는 이런 부류의 사람이 단 한 명도 없기에, 어떤 반응을 보여야할지 곤란한 한소라는 얼른 사과부터 했다.

하지만 그 장본인은 별거 아니라는 듯이, 손사래를 치면서 하하하 하고 웃어넘겼다.

"괜찮습니다. 전 원래 그런 인간이라서 괜찮아요. 그것보다, 이렇게 함께 와주셔서 감사해요. 제가 제주도로 간다는 건 용케도 아셨네요."

"그, 그, 그게! 우연이에요, 우연!"

한소라는 말을 심하게 더듬으면서 눈에 띄게 부끄러워했다. 양 뺨을 불그스름하게 만들고, 머리를 살짝 숙여 지우와 눈이 마주치지 않도록 했다.

"제가 서울의 로드 카페 분점을 감독하다 보니 그러한 이야기를 주워들었거든요. 마침 저도 제주도에 갈 일이 있어서, 혼자 가는 것보다는 함께 가는 것이 좋죠!"

"알고 있습니다. 결코 핑크빛과 같은 희망찬 착각은 절대 하지 않으니 안심하셔도 됩니다."

그린 라이트 따위 빛 한 줌 들어오지 않도록 철저하게 가리는 암흑의 장막!

"아하하하……."

한소라는 입맛이 쓴 얼굴로 어색하게 웃었다.

제7장

골드 그랜드 호텔
(Gold grand Hotel)

'어떻게든 솔직하게 말하겠어.'

시간은 거슬러 올라가서, 이 주일 전.

어느 날, 바쁜 하루를 보내던 중 할아버지이자 리즈 스멜트의 회장인 한도공이 그녀를 불렀다.

"아가야, 그놈이랑은 잘되어 가고 있느냐?"

"콜록콜록!"

왜 항상 밥 먹을 때만 이런 질문을 하는지, 조부가 괜스레 미워지는 한소리였다.

물을 벌컥벌컥 들이킨 그녀는, 몇 차례 심호흡을 통해 진정을 한 뒤 어찌할 줄 모르는 표정을 지었다.

"그게⋯⋯."

한도공이 말하는 그놈이라면, 당연히 정지우밖에 없다. 누굴 칭하는 것인지는 잘알고 있다.

다만 문제가 있다면, 생각보다 그와 친해지기가 어렵다는 것이었다.

한도공이 정지우를 손녀사윗 감으로 삼은 것 자체는 상관없다. 한소라 본인도 지우에게 완전한 사랑은 아니지만, 그래도 지금까지 만나온 남자들 중에서도 제일 호감을 크게 갖고 있었다.

그래서 그와 한 번 연애를 해 보는 것도 괜찮지 않을까, 하는 마음으로 상상을 하곤 했다.

하지만, 가장 크나큰 문제는 어떻게 해야 친해질 수 있을지 몰랐던 것이다.

한소라가 남녀 구분 상관없이, 커뮤니케이션 능력이 무척 뛰어나긴 하지만 애석하게도 그 능력은 어디까지나 비즈니스적 관계에서만 제한된다.

사적인 만남이라 하여도, 리즈 스멜트 같이 재벌 그룹의 미래를 이끌어 갈 자제들과의 만남뿐이었다.

게다가 보통은 남자들이 먼저 자신에게 호감을 갖고 다

가오는 경우가 다분하다 보니 ─ 물론 대부분 마음에 들지 않아서 회피하기는 했지만 어쨌거나 연애 문제로는 숙맥이나 마찬가지인 그녀였다.

정지우와 정말 사업 관련으로만 친분이 있고, 마음 역시 그렇게 잡혀 있다면 부담이 없었을 것이다.

하지만 그렇지가 않다 보니, 어찌할 줄을 몰랐다. 너무 비즈니스 관계로 다가갔다가 호감을 느끼지 못하면 어쩌나 싶었다.

게다가 웃기게도 정지우 본인은 뭐가 그리 겁이 많은지 다가가기만 하면 '헉, 한도공 폐하의 손녀 분……!' 혹은 '황녀님, 오셨습니까?' 라며 진담인지 농담인지 구분 못 할 헛소리를 하곤 했다.

이런저런 이유 때문에, 가까워지긴커녕 슬슬 자신에 대해 잊어가는 건 어쩌나 싶을 정도였다.

"에잉, 쯧쯧. 역시 네 아비를 닮아서 그런지 연애에는 무척 소극적이고 부끄러움을 많이 타는구나. 게다가 일밖에 모르는, 고지식한 부분도 아주 꼭 닮았어!"

침울한 모습의 손녀를 보고 한도공은 혀를 찼다.

만약 이 자리에 장남인 한도정이 있었다면, '아버지!' 하고 기겁하면서 과거의 부끄러운 이야기가 나오지 않도록 어떻게든 발버둥쳤을 것이다.

"아가야, 잘 듣거라. 너도 알다시피 지금 로드 버거다 뭐니 하면서 큰 인기를 끌고 있지 않느냐? 세이렌이라는 연예기획사도 상당한 수익을 벌어들이고 있고. 비록 우리 리즈 스멜트에 비해선 아직 약하긴 하지만, 그 녀석은 정말 놀랍도록 성장하고 있어."

말은 그렇긴 하지만, 한도공은 로드 버거의 등장이나 그 파급 효과 등에 대해선 그다지 놀라워하지 않았다.

그는 자기 자신이 사람을 보는 눈만큼은 확신에 가득 찰 정도로의 믿음을 지니고 있었다.

과거, 정지우와 만나서 공적인 얘기를 할 때 그 눈동자에 스며든 감정을 읽고 그가 이 삭막한 세상에서 어떻게든 살아남아 무엇을 해낼 것이라고 예감하였다.

그걸 보고, 믿었기에 손녀사위로 삼을 생각을 했다.

그 증거로 최근 정지우가 보여 주는 능력 덕분에, 처음에 회의적이었던 한소라의 아비도 끙끙거리면서 '괜찮긴 한데…….' 라며 점점 마음이 기울였다.

"게다가 연예기획사 대표이다 보니 주변에 미녀도 많아. 진짜인지 아닌지는 모르겠지만 윤 뭐시기라는 가수랑 스캔들도 한 번 터진 일도 있었고."

"네에……."

"어린 나이에 저렇게까지 성공했으며, 인성도 그럭저럭 괜찮아. 얼굴은 그냥저냥이지만 그래도 못생기지는 않았으니 여자가 꼬일 만도 하지. 그 전에 어떻게든 친해져서, 네가 사로잡아야 한단다. 그렇지 않으면 후에 데려오기가 더 힘들어."

한도공은 손녀의 소극적인 연애사에 답답했는지, 가슴을 두들기면서 이런저런 조언을 해 주었다.

이에 손녀는 무릎 위에 손을 공손히 올려두고 고개를 끄덕이면서 한도공의 말을 경청하고 머릿속에 새겨두었다.

"마침 최근에 그놈이 혼자서 제주도에 갈 일이 생겨서 여행 준비를 하고 있다는구나. 이렇게 된 거 우리 항공사를 통해서 좌석 잡고, 안내 핑계로 여행이나 다녀 오거라. 알았지?"

"네? 단둘이서 여행이요? 그, 그건 너무 과하지 않을까요?"

아직 이렇다 할 관계도 아니거늘, 지우가 너무 부담스러워하거나 혹은 자신을 이상하게 생각하면 어쩌나 하고 걱정하는 한소라였다.

하지만 손녀의 반응을 본 한도공은 마음에 들지 않는 듯

주름 가득한 미간을 찌푸리며 한숨을 푹 내쉬었다.

"그럼 무슨 핑계를 대야 친해질 수 있겠느냐? 더 좋은 방법이 있다면 어디 한 번 말해 보거라."

"……."

한소라가 제주도 행에 따라오게 된 이유였다.

"아 참, 그렇다고 전용기는 타고 가지 말거라. 분명 그놈 성격에는 '신발 벗고 들어가야 하는 건 아니겠죠?' 라고 할지도 모른다고? 껄껄껄!"

"회장님도 참……그런 사람이 어디 있어요?"

*　　　*　　　*

약 한 시간 끝에, 김포공항에서 무려 퍼스트 클래스 좌석에 앉아 편히 쉬며 제주국제공항에 도착했다.

"아까는 저 때문에 부끄러웠죠? 설마 비행기 탈 때 신발을 벗지 않아도 될 줄은 몰랐어요."

당장 자살해야 하지 않을까, 하고 생각하며 지우가 어색하게 웃으면서 물었다.

"아뇨, 괜……찮……아요……."

한소라는 차마 뭐라 하지 못하고 머리를 좌우로 흔들면

서 기어가는 목소리로 답했다.

아무리 지우가 호감형이긴 하지만, 탑승 통로에서 설마 신발을 벗고 걸어갈 줄은 몰랐다.

덕분에 뒤에서 따라오던 사람들은 껄껄껄 하고 비웃고, 스튜어디스도 차마 퍼스트 클래스 앞에선 웃을 수 없기에 입술을 깨물고 피를 흘리던 진귀한 광경을 볼 수 있었다.

"자, 그럼 이제 호텔로 가 볼까요."

제주국제공항의 출구로 나오자, 길게 늘어진 새카만 리무진 한 대가 서 있었다.

덕분에 공항을 왔다 갔다 하는 내국인, 외국인 모두의 시선을 받았다.

참고로 리무진을 준비해 준 것은 제주도에 있는 리즈 스멜트였다.

무려 회장의 손녀이며, 차기 회장 후계자의 능력 있는 딸이 왔기에 리즈 스멜트 제주지부 지부장은 허겁지겁 대접할 차량과 경호원, 그리고 운전자들을 보내주었다.

그 덕분에 지우는 그곳에 꼽사리를 끼고 함께 호텔까지 아주 편안하게 안내받을 수 있었다.

당연한 이야기지만, 호텔 역시 제주도에서 손꼽히는 최고급 호텔로 향했다. 얼마 전, 자성 그룹 산하에 있는 세븐 스타와 함께 국내에서 몇 없는 5성 등급이기도 하다.

"어서 오십시오. 골드 그랜드(Gold grand) 호텔에 오신 것을 진심으로 환영합니다."

제주국제공항에서 남쪽으로 향하면 곧바로 제주도청이 나오는데, 거기서 얼마 지나지 않은 거리에 제주도 최대 규모를 자랑하는 호텔이 위치해 있다.

그곳의 이름이 바로 골드 그랜드이다.

외국의 돈 많은 부자들이 제주도에 놀러왔을 때, 이곳 외에는 절대 가지 않는다고 한다.

하루 묵는데 몇 십만 원이 간단하게 날아가지만, 그에 맞는 초호화 시설과 더불어 일품요리, 그리고 국내 최대의 서비스업이란 평가가 존재해서 그렇다.

"와아……."

세븐 스타 호텔의 위용도 대단했지만, 골드 그랜드의 외관과 내부도 기가 막혔다. 평생 동안 호텔은 물론이고 모텔도 거의 가 보지 못한 입장에선 놀라지 않을 수 없었다.

당연하지만, 곁에 있던 한소라는 마치 자기 집마냥 아무렇지 않은 표정을 짓고 있었다.

신기해하는 얼굴로 주변을 둘러보는 지우를 보면서 쿡쿡하고 재미있다는 듯이 웃었다.

"짐은 이게 전부입니까?"

출입구에서 미리 대기하고 있던 벨보이(Bellboy)가 예의 바르게 공손히 물었다.

비록 지우가 촌놈마냥 이상한 반응을 보이고 있었지만, 벨보이는 한눈에 봐도 보통이 아닌 리무진을 타고 내린 사람을 우습게보지 않았다.

만약 손님, 그것도 돈이 꽤 많은 손님의 기분을 상하게 한다면 자신 따위는 금방 모가지이다.

그걸 알고 있기에 웃을 만한 행동을 해도 그걸 비웃지 않고 그저 묵묵히 자기 할 일을 하였다.

"네, 그거면 됩니다."

지우야 간단히 옷가지만 가져왔으니 여행 가방이 하나밖에 없었다. 하지만 한소라는 제법 짐이 많았다.

벨보이는 리무진에 탄 운전사와 함께, 차에 실었던 짐 가방을 무려 다섯 개나 꺼냈다.

출입구에 있던 경비원 중 한 명은 벨보이가 혼자서 다 옮기는 것이 무리라는 걸 깨닫고 동료에게 잠시 일을 맡긴 뒤, 그를 도와줬다.

"음, 아주 좋아. 한 번쯤 이런 대접 좀 받고 싶었어."

벨보이와 경비원을 보면서 흡족하게 웃는 지우였다.

그리고 그는 한소라와 함께 회전 문 안으로 들어서서, 카운터 로비로 향하였다.

참고로 내부의 구조 또한 입이 쩍 벌어질 정도였다.

천장과 벽은 거울마냥 비춰질 정도로 깨끗했으며, 그 색을 호텔 이름에 맞게 금으로 되어 있었다.

바닥은 발목까지 푹 파일 정도로 푹신하고 먼지 하나 없는 붉은 융단이 깔려 있어서 꼭 중세 시대의 왕성 같다.

아니, 설사 중세 시대의 왕성이라 하여도 이렇게까지 화려하지는 않을 것 같았다.

"어서 오세요, 골드 그랜드 호텔입니다."

머리는 정갈하게 묶어 위로 올리고, 깔끔한 느낌이 묻어나는 정장 차림을 한 여성 직원 두 명이 인사하였다.

그녀들 모두 모델에 비해도 부족하지 않을 정도로, 상당히 예쁜 측에 들어서는 외모였다.

'와, 무슨 미모 보고 뽑나?'

지우가 할 말은 아니었다.

한소라가 로드 카페 분점을 보고 제일 느낀 감상평 중 하나가, '직원들을 미모 보고 뽑았나요?' 라는 질문이었다.

물론 그의 경우야 요정족 모두 몇몇을 빼곤 사기적인 외모를 가지고 있어서 그렇지만.

"무엇을 도와 드릴까요?"

여직원이 생긋 웃으면서 친절하게 물었다.

그러나 겉과 달리 그 속의 반응은 전혀 달랐다.

'리즈 스멜트의 회장 손녀, 한소라! 옆에 있는 남자는 누굴까?'

한소라가 골드 그랜드에 오고도 놀라지 않고 제집에 온 것 같은 반응을 보인 건, 제주도에 올 때마다 골드 그랜드 호텔만 방문해서 그렇다.

게다가 그녀뿐만 아니라 리즈 스멜트 그룹 임원들 모두 제주도에 볼일이 있다면 특정한 초대를 받지 않은 이상 골드 그랜드에 왔다.

비록 골드 그랜드가 리즈 스멜트 산하에 있는 호텔은 아니지만, 한도공이 자주 들리고 좋아하는 호텔이었는지라 어쩌다 보니 그 밑에 있는 가족들이나 임원들은 회장이 선호하는 곳을 들리게 됐다.

호텔의 주인은 호텔 직원들에게 주요 단골 인물들에 대해서 알려주고, 대접을 극진하게 하도록 명령했기에 특히 카운터 로비를 맡은 직원들은 대부분 주요 인물의 얼굴을 외우고 있었다.

그래서인지 나름대로 분장으로 얼굴을 감춘 한소라를 보

고 한눈에 알아봤다.

"리즈 스멜트 이름으로 프리미어 스위트룸이 둘 잡혀 있을 거예요."

"예약자 성함과 핸드폰 뒷자리 번호를 알려주시겠습니까?"

"이름은⋯⋯."

한소라가 리즈 스멜트 제주 지부에서 잡아둔 방 예약을 확인하는 중, 살짝 뒤에서 떨어져 주변을 둘러본다.

국내 최대 호텔 중 하나인 덕분일까, 외국인이 특히 많았는데 대다수는 역시 중국인이었다. 물론 중국인만 있는 건 아니었고, 백인이나 흑인도 종종 껴 있었다.

그나저나 대학생 때 처음 가봤던 이태원 이후, 이렇게 많은 외국인들을 본 건 처음이었다.

"我不知道该怎么给中国°"

"任何人都可以解释这个？"

"住口！"

"谷歌翻译冰雹."

대화 속에서 영어도 종종 들려오기 했지만, 역시 중국인이 제일 많다 보니 대부분 중국어였다.

영어라면 조금이라도 알아들을 수 있지만, 중국어에 대

해서는 완전히 문외한이라서 무슨 말을 하는지 단 하나도
알아먹지 못했다.

　결국 주변 구경을 포기한 채, 한소라 뒤에서 얌전히 기다
렸고 그 시간은 다행히도 오래 걸리지 않았다.

　지우와 한소라는 골드 그랜드 직원에게서 간단한 안내
사항을 받고, 지도를 비롯하여 자세한 안내가 적혀 있는 포
켓북과 카드키를 건네받았다.

　"방 앞까지 안내해드리겠습니다."

　벨보이는 둥글고 질긴 느낌의 필박스 형에 챙 없는 캡을
고쳐 쓰곤, 웃는 얼굴로 두 사람을 엘리베이터로 안내해 줬
다. 그 뒤로도 벨보이 둘이 더 붙었다.

　골드 그랜드 쪽에서 한소라와 그 일행을 특급 손님으로
우대하고 있는 덕분일까, 대접이 정말 과하다 생각할 정도
로 선글라스를 쓴 경호원까지 따라왔다.

　"와, 인기 많으시네요. 호텔에게서 보통 경호원이 붙지
는 않잖아요?"

　"네? 그런가요?"

　한소라는 전혀 몰랐다는 듯 예쁜 두 눈을 껌뻑이면서 머
리를 갸웃하고 기울였다. 그 반응을 본 지우는 탄식했다.

　'나와 비교하자면 전혀 다른 인생을 살아왔구나. 뭐든지

척척해낼 커리어 우먼이라는 느낌인데, 은근히 맹한 구석이 있는 아가씨란 말이야.'

"지, 지우 씨? 제 얼굴에 뭐라도 묻었나요?"

부담이 들 정도로 자신을 뚫어지게 쳐다보는 시선을 느낀 한소라는 홍조를 살짝 띠우며 물었다.

다소곳이 모은 두 손을 조물조물하는 것이, 그 모습이 참으로 귀엽게 느껴진다.

"아닙니다. 신경 쓰지 마세요."

피식, 하고 웃음을 내면서 다시 정면을 쳐다봤다.

엘리베이터를 타고 있는 중이었기에, 자연스레 시선을 한 곳으로 고정할 수 있었다.

붉은 등이 들어온 화살표와 함께 층 숫자가 올라간다.

'응?'

정면을 쳐다보면서, 자연스레 눈 안에 들어오는 것이 있었다. 바로 앞에 마치 벽처럼 선 두 명의 경호원이었다.

백구십 센티미터가량 정도의 거한인 두 경호원의 목덜미를 우연찮게 볼 수 있었는데 — 거기서 문신이 보였다.

몸에 딱 알맞은 수트 차림이었고, 와이셔츠도 단추까지 모두 잠갔기에 목 언저리를 최대한 가리고 있었지만 정말 우연히 눈에 보였다.

'설마 조직폭력배를 경호원으로 쓰는 건 아니겠지? 청룡회 때문에 기분이 영 찝찝하네.'

외국인도 많이 오는 국제적 호텔에서 경호원을 조직폭력배로 쓸 리는 없을 것이다.

게다가 청룡회는 어차피 주 무대가 서울이니, 이곳 제주도에 있을 리는 없다.

혹시 제주도에서 따로 활동하는 조직폭력배인가 하는 이상한 상상을 하게 됐다.

'너무 과한 상상이겠지.'

*   *   *

노을빛이 숨어들고, 달님과 별님이 구름 사이에 언뜻 모습을 보이고 있을 무렵.

지우는 혼자 쓰기에는 너무 넓은 킹사이즈 침대 위에 누워서 중얼거렸다.

"와아, 이 모두를 공짜로 대접받을 수 있다니 참 좋네. 내일 아침 식사 때 한소라 씨한테 다시 한 번 감사 인사를 해야겠어."

프리미어 스위트룸은 침실 하나, 욕조가 딸린 분위기 좋은 욕실 하나, 그리고 화장실 둘에 응접실으로 구성되어 있는 럭셔리한 객실이었다.

솔직히, 혼자서 쓰기엔 너무 넓었다.

업무 때문에 제주도에 직접 오기는 했지만, 솔직히 그냥 로드 버거와 카페 제주지점 오픈 행사를 기념하러 왔을 뿐이라서 뭔가 장대하게 이런 공간을 써서 미팅할 것도 없었다.

참고로, 좀 뒤늦은 말이긴 하지만 항공권부터 시작하여 리무진이나 호텔까지의 비용은 알다시피 한소라가 모두 책임졌다.

사실 그녀가 책임졌다기보다는, 리즈 스멜트 제주지부에서 모두 알아서 지불하고 예약을 잡아준 것이지만 말이다.

그야말로 회장 손녀이자 차기 사장의 유력한 후보의 힘과 인맥의 위력을 똑똑히 볼 수 있었다.

지우는 원래 그녀에게 좀 부담이 돼서, 괜찮다고 거절하려 했으나 한소라는 '어차피 한 사람 자리 남는 거여서 괜찮아요. 돈 안 들었어요.' 라고 말했다.

그 말을 듣자마자 체한 것처럼 속이 좋지 않았던 지우는 '그래요?' 라며 반색했다.

만약 한소라가 직접 사비를 들였다면 얼굴을 들 입장이

아니었지만, 그렇지 않다는 말에 냉큼 양심의 가책을 덜어내고 편안한 마음을 갖는 지우였다.

"꺼억. 저녁 식사도 정말 굉장했지. 로드 버거만큼 맛있지는 않았지만, 그렇게 특급 코스 요리를 먹은 건 처음이라서 꽤 괜찮네."

밥이라곤 인스턴트식품, 혹은 자취집에서 알아서 해 먹거나 적당히 근처 식당에서 해결했던 그에게 있어서는 꽤 진귀한 경험이었다.

레어로 구워 육즙이 뚝뚝 떨어지는 먹음직스러운 안심 스테이크라던가, 싱싱하고 아삭하게 씹히는 드레싱 샐러드 등 외에도 이름 모를 희귀한 요리가 나왔다.

확실히 맛의 경우는 나쁘지 않았다. 굉장히 맛있는 편에 속했다.

하지만 그렇다 하여도 마법의 식용유가 들어간 로드 버거에는 조금 뒤지는 편이었다.

재차 앱스토어의 상품이 얼마나 터무니없는지 이해할 수 있었다.

최소 이십 년 이상 경력의 요리사가 주문에 맞춰서 혼심을 다한 코스 요리가 고작 햄버거 하나를 이길 수 없다니, 뭐라 할 수 없는 느낌이 들었다.

'오픈은 이틀 뒤니까, 내일 아침 먹고 적당한 시간에 가면 되겠어. 그보다, 어차피 오게 될 거 가족들이랑 올 걸 그랬나. 이렇게 넓은 객실을 혼자 쓰려니 좀 쓸쓸한데.'

평소의 버릇대로 앱스토어에서 상품을 구경한 지도 한 시간이 지났다.

텔레비전을 켜서 뭔가 재미있는 거라도 하나, 하고 채널을 돌려봤지만 딱히 끌리는 것이 없어서 꺼 버렸다.

그렇다고 여러모로 신세를 진 한소라에게 같이 놀아달라고 하는 건 좀 무리였다.

스마트폰 시간을 확인하니 아직 오후 여덟시라 잠도 오지 않아서 뭐할지 고민됐다.

무료함을 참지 못한 그는 아래층 로비에서 받은 포켓북을 살피면서 호텔 시설을 간접적으로 구경하였다.

"어라, 이 호텔 카지노가 있네. 그래서 호텔 이름에 골드가 붙는구나."

그가 모르고 있을 뿐이지, 별 다섯 등급을 받은 골드 그랜드 호텔의 진정한 정체는 호텔이 아니다.

외국인들이 제주도에 있는 어떠한 호텔도 가지 않고, 골드 그랜드 호텔에 투숙하고 싶어 하는 진정한 연유는 호텔 따위가 아니라, 카지노다.

미국의 라스베이거스, 중국의 마카오 등의 카지노는 원래 도박꾼들을 착취하기 위해서 호텔까지 겸업하는 경우가 대부분이다.

가끔 크게 따는 사람들이 있으면, 축하한다며 무료 숙박 일회권 등의 특전을 주곤 하는데 이는 카지노 측에서 정말로 축하해 줘서가 아니다.

카지노에서 딴 돈을 애꿎은 곳에 쓰지 말고, 이튿날 또 와서 털려 돈을 그대로 반환하는 뜻이다.

그러다 보니 카지노 측에서는 갖은 노력을 하는데, 주로 식사를 대접한다거나 혹은 중간중간 쇼를 보여 준다.

이런 노력 덕분에, 카지노 측은 대부분은 훌륭한 서비스업을 갖고 있다며 칭찬을 받지만 그 안을 들여다보면 실상 어떻게든 돈을 뜯기 위해서 지옥을 만드는 것뿐이었다.

이런 이유로 골드 그랜드 호텔은 덕분에 국내 최대의 서비스업을 시행하고 있다고 극찬받고 있다.

물론 한도공이 도박 때문에 골드 그랜드 호텔에 오는 건 아니고, 카지노 덕분에 지옥을 향한 서비스업의 품질이 워낙 마음에 들어서 제주도에 오면 이곳에 방문하는 것이다.

청년 때부터 성실하고 건실하였으며, 도박 따위가 아니라 올바른 방법으로 돈을 벌어온 한도공은 도박 자체를 혐

오기에, 그를 따라온 가족이나 리즈 스멜트 임원진들도 카지노에는 입장하지 않는다.

골드 그랜드 호텔 입장에서는 돈 많은 손님들이 카지노를 하지 않아서 탐탁지 않았지만, 상대가 워낙 거물인지라 별수 없이 입맛을 다시며 포기했다.

어차피 제주도에 있는 골드 그랜드 호텔의 카지노에 출입하는 손님들은 대다수가 외국인이다.

특히 그중에서도 제일 많은 건 단연 중국인이었다.

골드 그랜드 호텔에 중국인이 대다수인 것은, 제주도 관광객 팔 할 이상이 중국인인 연유도 있었지만 카지노를 찾는 인구가 대부분 중국인이었기 때문이었다.

중국에 있는 카지노는 원래 자국민에게 합법 아닌 불법이기도 하다.

이게 무슨 소리냐 하면, 중국 전체나 특별행정구역인 홍콩 역시 카지노는 불법이지만, 세계에서 제일 유명하기도 한 마카오에서는 카지노는 합법이었다.

본토인의 입장이 불가능한 건 아니긴 했지만, 그렇다고 별다른 심사 없이 그냥저냥 들어갈 수 있는 건 아니었다.

반대로 외국인의 경우 출입이 쉽지만, 본토인은 별도의 입국심사와 더불어 여러 가지 번거로운 절차가 존재한다.

그래서 마카오가 너무 먼 지방에서 사는 중국인이나, 혹은 해외에 거류 중인 외교관들이나 중국 국적의 화교와 노동자들, 외국으로 나가는 관광객들 등이 해외 카지노로 원정 도박을 한다.

그리고 그 즐겨 찾는 장소 중 하나가, 비교적 가까운 위치에 있는 대한민국 — 이곳 제주도이다.

"카지노라……아쉽네. 일렉트로를 이용한다면 쉽게 따낼 수 있을 텐데."

굳이 포커를 하지 않아도, 슬롯머신을 돌려서 일렉트로로 잭팟을 조정한다면 쉽게 대박을 낼 수 있다.

하지만 대한민국은 도박에 관해서 굉장히 엄하기에 한국인은 내국이든 외국이든 하기가 힘들다.

다만, 도박중독자들 같이 인생막장 몇몇은 뇌물을 찔러주고 적당히 분장하여 들어가는 경우가 있긴 하다. 아주 불가능한 건 아니다.

리즈 스멜트 같은 대기업의 간부진 등도 이런 수법을 통해 가끔씩 도박을 즐기러 가긴 한다.

물론 보는 눈이 워낙 많아서 대부분 외국에서 원정도박을 하지만.

허나, 설사 가능하다고 해도 지우의 입장 상 할 수 없다.

로드 양로원을 통해서 이미지를 좋게 만들었는데, 카지노에 출입했다는 것이 알려지기라도 하면 무척 곤란했다.

　　아우라를 조정하고 존재감을 옅게 만든다고 해도 잭팟같은 필요 이상의 주목을 끌 경우 어떻게 될지 장담할 수 없다. 참으로 아쉬운 일이었다.

*　　　*　　　*

　　호기심.

　　사전적 의미를 알아보자면, 호기심이란 새롭고 신기한 것을 좋아하거나 모르는 것을 알고 싶어 하는 마음을 말한다. 또한 이 호기심으로 시작한 많은 것들은 대부분 인류의 발전사에 큰 영향을 끼쳤다.

　　지우에게 있어 카지노란, 그 호기심을 끌어올리는 이름 중 하나였다.

　　영화에서나 봤을 법한 카지노에 대한 환상이 있어서 그랬을까, 비록 출입하지는 못하겠지만 그래도 어떻게 생겼을까 하는 궁금증을 참지 못한 그는 객실에서 나와 엘리베이터를 타고 일 층으로 향했다.

　　골드 그랜드 카지노의 경우, 호텔 자체에 있는 것이 아니

라 건물 뒤쪽에 따로 카지노 건물이 위치해 있기에 이동해
야만 했다.

　"응, 역시 내국인은 무리구나⋯⋯."

　휘황찬란한 빛에 휘감긴 전등판을 힐끗 살펴보며, 입구
근처에 적혀 있는 '외국인전용'이라는 간판을 본 지우는
다소 아쉬워하면서 근처에 마련된 벤치에 앉았다.

　"妈的, 我又赔了钱?°"

　"迷失在中国, 它在韩国失去了⋯⋯."

제8장

과한 호기심은 화를 부른다

카지노를 출입하는 인원들은 상당히 많았다.

나중에 안 사실이지만, 골드 그랜드 카지노의 경우 국제 카지노 순위에서 무려 일곱 번째 순위를 차지한다고 한다. 그만큼 방문객은 상당한 숫자였다.

'여기가 한국인지 중국인지 헷갈릴 정도로 중국인이 많군. 다들 무슨 소리를 하는지 정말 모르겠……어? 잠깐. 생각해 보니 앱스토어에서 언어를 알아서 통역해 주는 상품도 있지 않을까?'

만약 앱스토어를 만나지 않았더라면, 자신도 평범하게

돈을 모아서 취업 준비를 했을 것이다.

취업을 하려면, 응당 스펙이 높아야 하고 그중에서 필요로 하는 스펙은 당연히 영어. 아니, 영어뿐만 아니라 다른 외국어도 이제는 거의 필수나 다름없었다.

'돈도 많으니까 한 번 찾아볼까?'

벤치에 앉아 카지노를 출입하는 손님들을 살펴보던 그는 주머니에서 스마트폰을 꺼내 앱스토어를 살폈다.

언어에 관련된 상품은 소비자가 제법 있어서 그런지, 금방 찾을 수 있었다.

　　양꼬치엔 뭐다?

　　-구분: 기타, 소비

　　-상품을 구입해 주셔서 감사합니다.

　　-요즘 세상에 영어만 배우면 된다고 생각하는 건 인생을 날로 먹는 강도나 다름없습니다. 취업을 포기하고 싶으시다면 그냥 그렇게 사세요.

　　-혹시 눈을 뜨면 무림으로 차원이동하면 어쩌나, 하고 걱정하고 계시나요? 걱정 마십시오. 이 '양꼬치엔 뭐다' 만 있다면 무림에서 언제든지 눈을 떠도 언어 걱정할 필요가 없습니다.

-제작자가 아이디어가 떨어졌는지 의심이 될 만큼 우려
먹는 알약 형태의 상품입니다.

　　-알약을 복용하시면 중국어를 습득, 사용할 수 있습니다.
글을 쓸 수 있는 것은 물론이고 읽는 것 역시 문제없습니다.
일단 복용만 하시면 이해할 수 있을 겁니다.

　　-닌 하오!

　　-가격: 100,000,000

　　"언제나 생각하지만 앱스토어 상품명이나, 상품 설명은
여러모로 맛이 간 것 같단 말이지……."

　　예전이라면 사업으로 쓸 수도 없는 거, 왜 사냐고 했겠지
만 금전적 여유가 생긴 덕분에 1억이라는 금액을 시원스레
지불할 수 있었다.

　　게다가 그는 일정량 금액을 좀 더 지불한 뒤, 긴급운송
시스템을 이용하여 눈을 감았다가 떠서 곧장 받았다.

　　자그마한 상자를 열고 안을 확인해 보니 설명서와 더불
어 알약이 포장되어 있었고, 그는 고민하지 않고 알약을 입
안에 털어 넣고 물도 없이 꿀꺽 삼켰다.

　　"오늘은 꼭 잃었던 돈을 모두 되찾겠어."

　　"그런데 아까부터 저 사람, 카지노 입구만 쳐다보고 있

는데……위험한 놈 아니야?"

"글쎄, 어쩌면 돈을 다 잃고 이제 어떡하나 하면서 저러고 있을 줄은 모르지."

"방금 무슨 약 먹은 것 같은데……혹시 그쪽 부류인가?"

'오오! 들린다! 알아듣겠어!'

알약을 먹고, 딱히 머리가 아파온다거나 혹은 수많은 지식이 머릿속으로 들어오거나 하는 등의 과정은 없었다.

상품 설명서에 복용하면 이해할 것이라 했는데, 그게 무슨 뜻인지 알 수 있었다.

중국 관광객들이 말하는 것은 확실히 중국어였지만, 지우는 그 말이 어떤 뜻인지 약간의 해석 시간도 필요 없이 마치 한국어마냥 알아들을 수 있었다.

'신기한데. 영어도 마스터할 수 있는 상품도 한 번 사봐야겠어. 흐흐!'

외국어 하나를 마스터하려면 1, 2년으로는 턱없이 부족하다. 사람들이 괜히 유학을 가려는 것이 아니다.

한국에서 아무리 언어를 공부해봤자, 정작 쓸 곳이 별로 없어서 잊어먹기도 하고 애초에 언어 자체를 공부하는데 난이도는 상당하다.

헌데 그걸 몇 초 만에 모두 해결한 덕분일까, 지우는 기분이 좋아져서 자기도 모르게 음산하게 웃어 댔다.

그러나 그 웃음은 결코 짓지 말았어야했다.

아니, 밖이 아니라 방 안이었으면 뭘 어쩌건 간에 상관없었을 것이다. 하지만 카지노 앞에 위치한 벤치에 앉아, 주변을 구경하다가 약을 먹고 웃는 행위는 오해를 부르기에 충분한 일이었다.

"손님."

"어?"

혼자서 희희나락하고 있을 때, 정신을 차리고 보니 검은 정장 차림에 선글라스를 쓴 사내 두 명이 험악한 눈빛으로 위에서 자신을 내려다보고 있었다.

"잠시 동행 좀 해 주실 수 있으시겠습니까?"

사내가 눈빛으로 은근히 압박하며 중국어로 물었다.

"아, 제가 오해를 끈 모양입니……."

손사래를 치면서 방금 익힌 중국어로 뭐라 답변하려던 그는 무언가 떠올린 듯 말을 멈추고 입을 다물었다.

'보는 눈이 너무 많다. 괜히 주목 받아서 기사라도 나면 골치 아프기도 하고, 한소라 씨에게 폐를 끼치는 거겠지. 그렇다면 괜히 소란 끌지 말고 따라가는 게 좋을 거야.'

골드 그랜드 호텔을 소개해 주고, 공짜로 숙박까지 잡아준 사람은 한소라다.

게다가 맛있는 저녁 식사까지 대접해 줬는데, 괜히 밤에 나와서 카지노를 어슬렁거리다가 소란을 피웠다간 그녀에게 얼굴을 들 수 없을 만큼 난감한 상황이 된다.

나름대로 머릿속으로 생각을 한 그는 차라리 그들을 따라가기로 하였다.

"알겠습니다. 따라 갈게요."

*　　*　　*

뚝. 뚝.

어디선가 물이 새는 듯, 물방울이 바닥으로 떨어지면서 음산한 소리를 냈다.

사내들에게 이끌려서 온 장소는 직원 외 일반인의 출입이 금지된 물류창고였다.

화려한 네온사인으로 빛나는 카지노에 비해서, 물류창고 근처에는 이렇다 할 전등 하나 없어서 무언가 튀어나올 것 같은 분위기다.

험상궂은 얼굴을 선글라스로 가린 검은 정장의 사내 두 명에게 이끌려 온 그는 물류 창고 한가운데, 빈 공간에 널

찍이 준비된 의자에 앉아서 불길한 느낌에 미간을 찌푸렸다.

'느와르 영화에 나오면 보통 조직을 배신하거나, 혹은 적의 조직원이 의자에 묶여서 이런저런 짓을 당하던데. 혹시 아니겠지?'

그래도 나름대로 신사적으로 물류창고까지 안내해 준 거한들이었으니, 안내할 장소가 마땅치 않은 것이라고 억지로 생각하는 지우였다.

"누구야?"

"예?"

하지만 그 불안감은 정확히 들어맞았다.

물류창고에 의자에 앉고, 몇 분 지나지 않자 사내 둘이 선글라스를 벗고 험상궂은 인상으로 낮게 으르렁거렸다.

"너한테 약 팔고, 주의사항도 알려주지 않은 병신 같은 놈이 누구냐고."

'망했다. 완전히 이상한 오해를 받았어!'

그 말을 듣고 아차 싶었다.

하기야, 카지노 앞 벤치에 앉아 괜히 주변을 구경하다가, 알약을 입 안에 털어 넣고 이상하게 웃었으니 이런 오해를 받는 것도 전혀 이상한 것이 아니었다.

"무슨 오해가 있는 모양인데……."

만약 이 일이 한소라의 귀에 들어간다면, 정말 어찌 얼굴을 봐야할지 모른다.

그게 싫은 지우는 되도록 일을 좋게 넘어가려했다.

"오해는 무슨 오해. 그보다 그 반응을 보아하니……네 놈, 졸부지? 돈 좀 많아지니, 해외에서 휴가도 즐기고 약도 좀 즐기러 온 놈이구만? 딱 봐도 나와."

"잠깐, 무슨 크나큰 착각을 하고 계시는 모양입니다. 전 중국인이 아니라 한국인이에요."

중국어가 너무 완벽했기 때문일까, 두 명의 사내들은 아무래도 자신을 중국인이라 생각한 모양이었다.

그러자 일부러 머리를 민 대머리의 사내가 험악한 인상을 종잇장처럼 구기면서 소리를 버럭 질렀다.

"헛소리!"

"이봐, 우린 널 어떻게 할 생각이 있는 게 아니라고. 그냥 너한테 약을 제공한 마약상의 이름을 불어. 너한테 주의사항도 가르쳐 주지 않은 멍청한 새끼를 손봐주려고 하는 것뿐이니까."

특징적인 주먹코를 가진 사내가 귀찮다는 듯이 손사래를 치며 낮게 으르렁거렸다.

그 말을 들은 지우는 가슴을 두들기며 환장하겠다는 표정을 지었다.

"미치겠네, 난 약을 한 게 아니라니까요. 제 모습을 보고도 모르시겠어요? 오해라고요. 오해!"

"……."

호소 어린 외침이 전해졌을까, 대머리와 주먹코는 답을 꺼내지 않고 서로 마주 보면서 미간을 찌푸렸다.

그러곤 무언가 잘못됐다는 걸 느낀 듯 대머리가 의구심 어린 시선으로 그를 쳐다보며 물었다.

"설마, 네놈에게 약을 판 새끼가 어떠한 이름도 대지 않았나?"

"우리 조직원이 아닌 마약상이라도 제주도에서 장사하려면 의무적으로 이름이나 별명을 걸어야 하는데……."

"잠깐. 그렇다면 우리에게 허가받지도 않고 약을 파는 간 큰 새끼가 있다는 뜻이야?"

'무언가 잘못됐다.'

마약은 대한민국뿐만 아니라, 네덜란드의 대마 등 일부를 제외하곤 국제 사회에서 엄중한 처벌이 따르는 불법이다.

헌데 눈앞에 사내들의 이야기를 들어 보니, 자신은 그 마약밀매에 어찌어찌하다가 휘말린 모양이었다.

물론 마약 자체를 먹은 적은 없었지만, 들어선 안 되는 사실을 알게 됐다. 무언가 잘못 돌아간다는 걸 느낀 지우는 언제라도 도망칠 준비를 했다.

"이봐, 졸부. 네놈이 카지노 입구 앞에서 복용했던 약, 어디에서 구매했는지 장소와 마약상에 대해서 빠짐없이 말해. 그렇지 않으면 험한 꼴을 당하게 될 거야."

"그러니까, 전 약에……."

"입 닥쳐. 상황 돌아가는 꼴 모르겠어? 아까까지는 널 어떻게 할 생각은 없어졌지만, 지금은 상황이 달라졌어. 우리 구역에서 감히 허가도 안 받고 약을 판매하는 좀도둑이 있었단 말이지. 그걸 불지 않겠다면 나름대로 각오하는 게 좋을 거야."

까드득 까드득하고 이를 가는 소리가 섬뜩하게 울렸다.

대머리는 농담이 아니라, 만약 제대로 불지 않겠다면 가만두지 않겠다는 듯이 사나운 기운이 담긴 눈을 빛냈다.

"그래. 내 말을 들을 생각은 없다는 거지."

살의가 뒤섞인 눈과 마주친 지우는 눈을 가늘게 뜨고, 의자에서 일어나서 두 주먹을 불끈 쥐었다.

'시팔. 하여간 난 운도 없지.'

길거리에서 커피를 팔 때는, 연이 없을 것이라 생각됐던 조직폭력배가 돈 좀 만진다며 찾아왔다.

이번에는 제주도에서 햄버거랑 커피 좀 팔려고 했는데, 재수 없게도 이상한 오해를 받아 마약밀매가 껴든 상황에 휘말리게 됐다. 미칠 노릇이다.

"허어, 이 새끼. 눈 부릅뜬 걸 봐라. 설마하니 우리한테 덤빌 생각이냐?"

"신사답게 대해 줬더니 우릴 우습게보네. 아니, 약에 취해서 그런가?"

지우가 벌떡 일어나서 적의를 발산하자마자 두 사내들의 반응을 헛웃음과 황당함이었다.

비록 그가 트랜센더스 덕분에 인류라는 종족 중에서도 최고의 육체를 지니게 됐다 하여도 딱히 외관상으로 크게 변한 것은 아니었다.

모 영화에서 나오는 초록 괴물처럼 근육이 크게 부풀거나 한 것도 아니고, 옷을 벗어야 나름 잘 단련된 잔 근육만 보일 뿐 그 이상 그 이하도 아니었다.

어깨가 넓은 것도 아니고, 팔뚝이 통나무마냥 굵은 것도 아니었다. 어디에서나 볼 법한 젊은 청년에 불과했다.

힘이 없어 보이는 청년이 자리에서 일어나 싸우려고 드

니, 사내들 입장에선 기가 찰만 했다.

"마침 손발이 간질거렸는데 아주 잘 됐어. 야, 내가 맡을 테니까 쉬고나 있어."

대머리가 동료에게 말하곤 앞으로 나섰다. 그 말에 주먹코는 주머니에 손을 찔러 넣어, 담배를 꺼내 입에 물고 불을 붙이곤 손을 흔들어 알아서 하라는 제스처를 보냈다.

"예전부터 생각했지만 난 너처럼 졸부 같은 족속들이 제일 싫었어. 약간 운이 좋아서 돈이 많은 것으로 자랑하고 다니는 게 아주 재수가 없거든."

"그래? 그렇다면 다행이네. 나도 너 같은 깡패 새끼들은 딱 질색이거든."

괜한 소란을 일으키지 않기 위해서 지금까지 성심성의껏 머리를 숙여가는 태도를 보였지만, 그게 모두 뒤틀어진 이상 굳이 그 태도를 고수할 생각은 없었다.

자고로 어떤 수법을 써서라도 되돌릴 수 없는 일이 있다면, 별수 없이 현실을 받아들여야하는 법이다.

"이 새끼가 뚫린 입이라고!"

지우의 도발에 걸린 대머리가 먼저 오른팔을 크게 휘둘러 묵직한 일격을 내질렀다.

주먹이 바람을 가르면서 부우웅 하는 파공성이 청각을

꿰뚫고 뇌까지 전해졌다.

"어?"

서로 막 부딪치려 했던 두 남자가 거의 동시에 얼빠진 소리를 입 바깥으로 내뱉었다.

주먹을 맞고, 비명과 함께 나가떨어질 것이라고 생각했던 졸부가 몇 걸음을 옆으로 옮기면서 가볍게 피해내 대머리는 조금 당황했다.

지우의 경우도 대머리와 마찬가지로 예상과 다르게 벌어진 일에 당혹함을 감추지 못했다.

'빠르다?'

솔직히, 지우는 대머리의 위협에 딱히 쫄지 않았다.

일반인 입장에서 대머리는 중국의 어떤 범죄 조직에 속한 범죄자이고, 덩치도 산만하며 사람 좀 때렸을 사람으로 보이긴 했으나 지우에겐 위협 하나 되지 못했다.

알다시피 그는 트랜센더스를 비롯하여 여러 초능력으로 상식인의 범주에서 벗어나게 됐다.

솔직히 자신과 같은 앱스토어의 고객이나, 혹은 총기로 무장한 특수부대 등의 군대가 아니라면 설사 복싱 세계 챔피언이 온다고 해도 이길 자신이 있었다.

아무리 세계 최강의 사나이라고 불린다 하여도, 그건 어디까지나 일반인의 기준이다. 이미 육체적으로 인간을 초월한 자신에게는 별반 위험이 되지 못한다 생각했다.

그러나 막상 눈앞의 대머리의 공격을 받아보니 그게 아니었다. 만약 좀 더 방심을 하고 있었다면 그 주먹의 속도에 따라가지 못하고 그대로 맞아서 나가떨어졌을 것이다.

'생각보다 일반인의 범주가 이리도 강했나? 뭐지?'

가끔 방영되는 복싱 방송을 보면서 별로 위험하지 않을 것이라 생각했는데, 전혀 아니었다.

그 생각은 확신이었기 때문에 당혹함을 더 했다.

"……운이 좋은 놈이군."

대머리는 그런 지우를 힐끗 살펴보다가, 그 얼굴에 떠오른 당혹함을 보고 그저 우연이라고 치부하였다.

"이번에는 실수 없이 네놈 이빨을 죄다 부러뜨려주마!"

대머리가 목소리를 높이며 다시 한 번 주먹을 내지른다.

헌데 그 기세가 심상치가 않다.

속도는 물론이고, 주먹에 실린 위력도 한층 더 높아져 있었다. 피부가 다 따끔거릴 정도였다.

지우는 흠칫 놀라면서도 침착하게 방어하기 위해 손바닥을 쫙 핀 왼손을 출수하여 일직선으로 곧게 뻗어 오는 대머리의 주먹을 손바닥으로 받아쳤다.

"큭!"

주먹을 받아 낸 지우가 무의식적으로 외마디 비명을 흘렸다. 손바닥 정 가운데서 느껴지는 대머리의 주먹에서 전해져온 충격으로 인해 고통이 전해져왔다.

'뭔가 이상하다.'

트랜센더스가 괜히 초능력이 아니다. 마음만 먹는다면 주먹으로 지면이나 벽을 후려쳐서 작은 크레이터를 만들어 낼 정도로 파괴력과 내구력을 지니고 있다.

그런 상태에서 아무리 범죄조직원이라 하여도, 그 주먹을 맞고 아픔이 온다는 건 상황이 잘못됐다는 뜻이었다.

몸 상태를 한 번 확인해 보니 딱히 트랜센더스의 힘이 사라진 것도 아니다. 육체적 정신적 능력 역시 여전히 멀쩡하다.

그런데도 아픔이 느껴진다는 건, 딱히 통각 등의 감각에 문제가 생긴 것이 아니라는 의미다.

그렇다는 것은 즉.

'이 대머리가 트랜센더스에 견줄 정도로 강하다는 뜻. 그렇다는 곧……!'

곧 상식에서 벗어난 힘을 지닌 존재라는 걸 뜻한다.

'일렉트로!'

머릿속에 경보음이 울리자마자 더 이상 상대를 탐색한다는 사고방식은 지우고 얼른 전력으로 대응한다.

빠지지직!

푸른빛이 번쩍이면서 두뇌가 타는 듯이 재빠르게 공회전한다. 그와 함께 뇌세포가 활발하게 활동하기 시작하고 무언가의 전기 신호가 점점 강맹하게 변하였다.

그리고 끝내 의지가 전해지자 피부 위에서 스파크가 튀며 푸른빛의 전류가 뿜어져 나와 손바닥과 접하고 있는 대머리의 주먹으로 옮겨갔다.

"끄아아아아악! 너 이 새끼 이게 뭔……!"

'말도 안 돼!'

그러나 믿기지 않는 상황은 멈추지 않고 계속 이어졌다.

분명히 기절하고도 남을 만한 전류를 흘렸는데도 불구하고 대머리는 비명을 흘리며 고통스러워할 뿐, 정신을 잃지는 않았다.

따끔한 충격을 주려고 일렉트로를 쓴 것도 아니었으며, 눈을 까뒤집을 만한 힘을 주입했는데 고통스러워하기는 하여도 용케 기절하지 않고 말까지 똑바로 하고 있었다.

"미친, 이름도 모를 조직원A 같은 놈이 뭘 이렇게 강한 거야!"

대머리의 내구도에 경악한 지우가 식겁하면서 빈손인 오른손을 주먹으로 쥐고 힘껏 내질렀다.

나름대로 위력과 속도를 지닌 주먹은 올곧은 직선을 그려내면서 그대로 대머리의 뺨을 힘껏 후려쳤다.

"아악!"

빠악, 하고 듣는 사람이 시원할 정도로의 격타음과 함께 대머리가 돌아가는 머리와 함께 옆으로 쓰러졌다.

주먹에 담긴 위력이 제법 상당했는지 피에 짓물린 이빨 몇 개가 바닥으로 후두둑 떨어졌다.

"맙소사!"

그 광경을 지켜보고 있던 주먹코는 입에 문 담배를 떨어뜨리고 입가에 그려냈던 비웃음을 말끔히 지워냈다.

"너희, 정체가 뭐냐."

꿈틀, 꿈틀하고 몸을 파르르 떠는 대머리가 의식이 없는 걸 확인하면서 지우가 나지막이 중얼거렸다.

그 물음은 당연히 주먹코를 향해서였다.

'설사 야구 방망이로 내 머리를 쳐도 약간의 충격만 있을 뿐, 내 몸은 아무런 고통을 입지 않아. 그런 몸에 고통을 느끼도록 충격을 줬어. 게다가 내 감각으로도 따라가기 힘든 그 속력을 생각하면…….'

눈동자 안에서 경계와 살의가 뒤섞여서 소용돌이친다.

"네놈들, 앱스토어의 고객이냐?"

보아하니 군인은 아닌 것 같고, 그 외에 자신에게 고통을 줄 존재라면 역시 동류인 앱스토어 고객밖에 없다.

지금까지 만나왔던 부류들과는 전혀 다르긴 했지만 정황상 그들의 정체에 대해선 그 외에는 없었다.

"무슨 소리를 하는지 모르겠지만 네 연기에 우리가 깜빡 속았구나. 네놈 우리와 같은 구주방도(九州幫徒)구나!"

'구주방도? 어디에서 많이 들어본 이름인데…….'

낯설지 않은 이름을 들은 그는 머릿속을 뒤적이면서 과거의 기억을 떠올리려고 노력했다.

흔한 이름은 아니었기에, 얼마 지나지 않아 머릿속에 과거의 장면이 스쳐 지나갔다.

—다음은 국제 사회 소식입니다. 중화권의 범죄
조직인 구주방(九州幫)이 북경 도시 한복판에서 총격
전을…….

'구주방!'

예전에 뉴스를 통해서 그 이름을 들어본 적이 있었다.

마피아와 야쿠자와 함께 삼대 범죄 조직에 들어가는 이름으로, 악명으로 자자한 조직 중 하나였다.

중국 본토 및 홍콩, 마카오와 더불어 해외에서도 중국인들이 많이 진출한 차이나타운을 중심으로 활동하는 중화권의 위험한 범죄 조직이었다.

주로 홍콩과 마카오에서는 정부의 관리나 경찰들에게 뇌물과 협박으로 결탁해 무소불위의 권력을 휘두른다.

최근 악행으로는 북경, 즉 베이징 도시 한복판에서 총격전을 하여 많은 사상자와 중상자를 만들어 내기도 하였다.

'그런데 저놈이 왜 날 구주방도라고 생각한 거지?'

비록 중국어를 현지인처럼 구사하고, 같은 동양인에 구주방도로 추정되는 대머리를 쓰러뜨리긴 했어도 그것만으로 저런 확신을 지니기는 어렵다.

의문이 생긴 지우는 주먹코 구주방도를 잡아서 가급적이에 대한 정보를 알아봐야 하겠다고 생각했다.

하지만, 굳이 힘을 쓰기도 전에 주먹코가 친절하게도 이를 스스로 밝혔다.

"내 듣자 하니, 구주방 내에서 우리 '용호단(龍虎團)'의 위세를 시기하여 단원들에게만 전수되고 있는 무공을 훔치려는 도둑놈이 있다 했는데……그게 네놈이구나? 그렇지

않으면 너 같은 놈이 우리 단원과 육체적 싸움에서 이길 리
가 없지."

'구주방, 용호단……그런데, 지금 무공이라고 했나? 이
놈, 제정신인가?'

아무리 중국인이라고 해도, 마치 지가 무림인 마냥 무협
지에서나 나올 법한 무공을 이야기하고 있다.

솔직히 따라가기가 힘든 전개였다.

'잠깐. 아니지. 무공은 앱스토어에서 존재하잖아.'

구주방, 용호단, 무공.

세 가지 키워드를 조합하여 머리를 최대한 굴려 봤다.

'보아하니 주먹코는 앱스토어에 대해서 모르는 눈치다.
연기는 아닌 것 같고……나와 같은 고객은 아니야. 그렇다
면…….'

고민 끝에 두 가지 가설을 낼 수 있었다.

'첫째, 저놈이 말하는 무공은 절권도나 태극권 같이 무
술일지 몰라. 무협지처럼 하늘을 날고 검기를 내뿜는 그런
것이 아니라.'

그러나 이 가설은 딱히 설득성이 없었다.

만약 단순한 무술이었다면, 일렉트로를 일순간 버티거나
혹은 자신에게 고통을 줄 리가 없었다.

'둘째는…… 일단 한 번 확인을 해 봐야겠어.'

자신의 가설이 맞는지 아니면 단순한 추측에 불과한지 알기 위해서는 직접 부딪쳐서 확인해야 할 필요가 있었다.

방금 전까지 주먹코를 청룡회의 조직폭력배처럼 생각했던 그는 생각을 고쳐먹고 침을 꿀꺽 삼켰다.

제9장

장 핑의 불안감

　한편, 대머리 구주방도가 별다른 반격도 하지 못하고 쓰러진 걸 본 주먹코는 왼발을 한 걸음 내딛고 허리를 살짝 굽힌 뒤, 주먹을 쥐고 공격적인 태세를 취했다.

　중국 영화에서 가끔 봤을 법한 자세로서, 이제 막 주먹을 출수할 것 같은 사나운 기세이다.

　"네가 뭘 훔쳐 배웠는지 모르겠지만, 어디 내 육합권(六合拳)에 상대가 되는지 한번 봐볼까!"

　주먹코가 합, 하는 기합과 함께 몸을 날려 지우와의 거리를 순식간에 좁혀 왔다.

무협지나 중국 영화를 보고, 나름대로 현란한 움직임을 보일 것을 생각했던 지우는 주먹코가 정직하다 할 정도로 깨끗한 직선을 그려내며 덤벼오는 걸 보고 조금 맥이 빠졌다.

'조금 빠르긴 하지만 못 피할 정도는 아니야.'

대머리의 경우에는 트랜센더스에 너무 의존하고 방심해서 그런지 굉장히 놀랐지만, 지금은 아니었다.

주먹코가 무공을 배웠다는 것에 나름대로 긴장하고 있었고 그의 움직임을 예의 주시한 덕분에 움직임이 눈에 잡혔다.

다만 그렇다고 아주 우습게 볼 정도는 아니었다. 그 속력은 나름대로 빠른 편이었으며, 방심하고 있었다면 제대로 막지도 못하고 크게 낭패를 보았을 것이다.

그는 명치를 노리고 들어오는 주먹코의 일권(一拳)을 기다렸다는 듯이 왼손바닥을 뻗어 그 주먹을 받아 냈다.

그러나 문제없이 막아 낼 것이라는 생각은 잘못 되도 단단히 잘못되었다.

"컥!"

비명을 지른 건 공격자가 아니라 수비자인 지우였다.

주먹코의 주먹을 막지 못한 것은 아니었다. 도리어 훌륭하다 할 정도로 완벽하게 주먹을 받아 냈다.

그러나 주먹을 받아 낸 순간 그 충격이 몸 내부 쪽으로 찌리릿 하고 흘러들어와 장기를 툭 건드렸다.

이 때문인지 입가에서는 시뻘건 핏방울이 주르륵하고 턱을 타고 아래로 흘러내렸다.

"허, 미친놈. 내 공력을 얼마나 우습게 봤기에 정면으로 부딪친 거지? 제정신이냐?"

주먹코가 헛웃음을 내뱉으며 물었다.

한편, 장기에 상처를 입은 지우는 입술을 질끈 깨물며 자책했다.

'내가 너무 안일했다.'

방심하지 않는다고 생각했는데, 또 이런 실수를 했다.

아니, 솔직히 이건 방심과는 무관했다.

그 증거로 그는 진심을 다해서 주먹코의 움직임에 집중하고 정확히 주먹을 막아 냈다. 그런데 주먹을 막았는데도 불구하고 데미지를 입었다. 생각지도 못한 일이었다.

"그래도 네 덕분에 큰 교훈을 얻었어. 무공을 연공한 자와는 비교적 직접적으로 접촉해서는 안 된다는걸."

피거품과 함께 말을 꺼낸 지우가 그대로 손바닥과 접촉

한 주먹코의 주먹을 통해 전류를 흘렸다.

"그게 무슨 헛소……끄아아악!"

전류에 당한 주먹코가 비명을 흘리며 뒤로 벌러덩 쓰러졌다. 다만 의식은 유지할 수 있도록, 힘의 세기를 약하게 하여 일시적인 마비 효과만 선사했다.

그 증거로 주먹코는 눈을 부릅뜬 채로, 바닥에 누워 몸을 움찔움찔 떨고 있을 뿐 작은 목소리로 욕설을 내뱉고 있었다.

'말로만 듣던 내가중수법(內家重手法)이구나.'

내가중수법이란, 체내에 저장된 기(氣)를 타격을 통하여 상대방에게 주입하여 내부에서 폭발시키는 무시무시한 수법이다. 대부분의 무공의 기초이기도 하다.

또한, 주먹코가 내가중수법을 쓴 걸 보고 지우는 한 가지 확신이 들 수 있었다.

'이걸로 첫 번째 가설이 잘못됐다는 걸 알 수 있어. 단순히 무술 같은 게 아니야. 정말로 내 몸 안에 무언가 이질적인 것이 들어오는 느낌이 들었어. 이놈이 쓴 기술은 틀림없는 무공이다.'

지우는 왼손으로 복부를 움켜쥐고, 오른손으로는 스마트폰을 꺼내서 포션 하나를 긴급 운송했다.

머리를 뒤쪽으로 돌리니 아까 앉았던 의자 밑에 상자 하나가 놓여 있었다.

가까이 가서 상자를 열어 보니, 선홍빛깔 액체가 든 플라스크 병이 나왔다.

지우는 익숙한 듯, 설명서를 주머니에 대충 찔러 넣고 포션을 입 안에 털어 넣고 꿀꺽꿀꺽 마셨다.

로드 양로원 시설 지하에, 파나세아로 제조해 뒀던 포션이 있어서 이렇게 구입하는 것이 아깝긴 했으나 상황이 상황인지라 별수 없었다.

'나중에 돌아가면 또라에몽 주머니랑 비슷한 거라도 사놔야겠어. 유사시에 포션을 언제든지 살 수 있게.'

다 마신 포션 병은 아무렇게나 던졌다. 플라스크 병이 바닥에 떨어지면서 쨍그랑! 하고 유리 조각으로 나뉘었다.

그러곤 아직까지 바닥과 입맞춤 하고 있는 주먹코에게 다가가서 어깻죽지를 발로 우지끈 밟았다.

"끄아아악!"

뼈가 아스러지는 고통에 주먹코는 두 눈을 부릅뜨고 비명을 질러 댔다.

"주, 죽여 버리겠어! 너 이 새끼!"

주먹코의 눈은 시뻘겋게 충혈 됐다. 눈에 툭 튀어나온 핏

줄이 터질 것 같은 기세다.

그런 주먹코를 차갑게 내려다보는 지우는 흥, 하고 코웃음을 쳤다.

"조금 강하긴 했지만 역시 이름 없는 엑스트라냥 뻔한 대사를 하는구나. 이제부터 내가 너한테 여러 가지 질문을 할 거야. 그럼 너는 그거에 대해 성심성의껏 거짓 하나 없이 대답해야 해. 말하지 않을 때마다 네 뼈가 어디 한 군데 어긋나기 시작할 거야."

머신건마냥 폭풍처럼 말을 쏟아 내고, 어깻죽지를 밟은 다리는 고정한 채 제자리에 쪼그려 앉았다.

그리고 주먹코의 팔을 잡아서 굽힌 뒤, 엄지를 잡았다.

"네가 이러고도 무사할 것 같으냐? 난 용호단의 자랑스러운⋯⋯아아악!"

우드득하고 섬뜩한 소리와 함께 엄지가 기형적으로 꺾였다. 멀쩡한 뼈가 괴력으로 부러지자 주먹코는 자살하고 싶은 충동을 느꼈다.

분명 몸이 마비되어 감각이 없다면, 통각도 없어야 정상인데 이상하게도 고통이 전해져온다. 미칠 지경이었다.

"내가 경고했을 텐데. 답하지 않으면 손가락부터 발가락까지 뼈가 하나하나 부러질 거야, 거기서 부족하면 네 척추나 코 뼈 등 여러 뼈를 부러뜨려주마. 그래도 대답하지 않아도 딱히 상관은 없어. 저 대머리 친구가 아직 죽지 않았으니까 조금 수고스럽기는 해도 깨우면 되는 일이니까."

"……!"

주먹코는 입을 쩍 벌리고 턱 뼈를 부딪쳤다. 딱딱딱 하고 뼈가 부딪치는 소리가 요란하게 울렸다.

바짓가랑이는 뜨겁게 젖는 것 같고, 온몸에서는 식은땀이 폭포처럼 쏟아 냈다.

"좋아, 이제야 대화 좀 할 수 있을 것 같네."

지우가 흡족한 듯이 웃으며 말을 잇는다.

"일단, 네가 아까부터 뭔가 빌어먹을 착각을 하고 있는 것 같은데 난 딱히 구주방도도 아니고, 마약중독자도 아니야. 졸부 출신의 중국인도 아니지."

"그, 그럼 넌 대체……."

"됐어. 어차피 굳이 설명하지 않아도 이제는 상관없으니까. 그러기에 아까 내가 하는 말 좀 믿어주지 그랬어?"

"……."

"뭐, 다시 본론으로 들어가서……네가 쓴 그 육합권이라는 무공, 어디서 배운 거지?"

"그건……."

주먹코가 말꼬리를 흐리면서 입을 다물었다. 그 눈동자에 묻어나는 감정은 공포였다.

그걸 본 지우는 한숨을 푹 내쉬더니, 고민하지 않고 주먹코의 검지를 부러뜨렸다.

"아아아아악!"

주먹코의 비명이 물류 창고 전체에 울려 퍼졌다.

지우는 눈살을 한 번 찌푸리곤, 이번엔 주먹코의 중지를 잡고 협박했다.

"말하지 않으면 어떻게 되는지 입 아프게 설명하지 않아도 괜찮지?"

그 말에 주먹코가 겁먹은 얼굴로 처절하게 소리쳤다.

"용호단이다! 내가 소속된 용호단에서 전수받았다!"

"이제야 말할 생각을 하는구나. 잘 선택했어. 그럼 용호단이란 것은 뭐지?"

"구, 구주방에 속한 조직 중 하나다."

"흐음……."

이로서 두 번째로 생각했던 가설이 맞게 됐다.

'이 녀석은 앱스토어의 고객도 아닌 주제에 무공이라는 비상식적인 무력을 소유하고 있다. 그렇다면 답은 간단하지. 고객 중 누군가가 일반인에게 앱스토어의 무공을 전수

했어.'

앱스토어의 규정 중에는 일반인에게 앱스토어에 대해서나 혹은 상품을 비밀로 하라는 법은 존재하지 않는다.

또한 그 상품을 일반인에게 소유권을 넘겨도 상관없다고 하였다. 만약 그게 불가능했다면 지우는 하이 포션을 어머니에게 복용시키거나, 수험부적을 지하에게 선물도 해 주지 못했을 것이다.

주먹코의 이야기를 듣자 하니 아무래도 그 고객은 국제적 중화권 범죄조직인 구주방에 소속된 모양이었다.

'그리고 그 고객의 국적은 아마도 중국인. 역시나 외국에도 나와 같은 앱스토어의 고객이 존재한다.'

그동안 국내 고객인 강태구나 김효준을 경계하는 것만으로도 너무 바빠서 외국에 대한 생각은 뒤로 밀어놓고 있었지만, 언젠가 외국 고객과의 충돌을 예상하고 있었다.

그리고 그 일이 드디어 오늘날 터진 것이다.

다만 중국의 고객이 일반인에게 앱스토어의 상품을 전수한다는 것으로 이렇게 간접적으로 접촉하게 됐지만 말이다.

"구주방도는 모두 너처럼 무공을 쓸 수 있나?"

"아니, 구주방 내에서 무공을 전수 받은 건 우리 용호단뿐이다. 그 외에는 무공에 대해서도 믿지 않아!"

"하기야, 그러겠지. 아무리 중국이라도 내기를 써서 육체를 강화한다던가 하는 개념은 믿기가 힘드니까."

괜히 앱스토어의 상품에 기적이라는 말이 붙는 게 아니다. 인간이 믿을 수 없는, 상식에서 벗어난 힘을 보이기에 기적의 앱스토어다.

무공을 전수하겠다고 해도 대부분 사람들은 피식 웃으면서 농담으로 받아들이거나 혹은 태극권이나 태권도, 혹은 가라데 등의 무술의 한 종류로 안다.

"네놈에게 무공을 가르쳐 준 놈에 대해서 불어라. 누가 가르쳐줬지?"

"……."

주먹코는 입을 꾹 다물고 말하지 않았다.

"어허."

"끄아아악!"

중지가 사정없이 꺾이자 주먹코가 다시 비명을 질렀다.

하지만 눈물을 펑펑 쏟아낼 뿐, 주먹코는 질문에 답할 생각이 없어 보였다.

"말해."

협박과 동시에 약지를 부러뜨렸다.

주먹코가 동시에 비명을 터뜨리고 몸을 파르르 떨었다.

너무 끔찍한 고통에 의식이 날아갈 뻔했지만, 지우는 약한 전류를 흘려 정신을 잃지 않도록 했다.

"아, 아무리 혀, 협박해도 말할 수 없어. 차라리 날 죽여. 다른 건 몰라도 그분의 존함을 말씀드릴 수 없어!"

'쯧, 여기까지인가.'

주먹코의 눈에 담긴 공포는 자신이 아니었다.

무공을 전수한 정체불명의 중국 고객을 향해서였다.

아무래도 그들의 존재가 어지간히 무서운 모양이다.

"그럼 다른 질문을 하지. 아까 말에 따르면 이 카지노를 포함하여 제주도를 네놈들 구역이라 칭했는데……용호단이 활동하는 무대인가?"

"그, 그렇다. 제주도로 사업 확장을 하면서 한국의 조직폭력배를 모두 없애면서 장악했다."

"주로 하는 일은?"

"나, 나도 말단이라 자세히 모른다. 내 주 업무는 카지노 사업이나, 마약밀매 정도다. 그 외는 잘 몰라!"

"정말?"

의심하는 어조와 함께 마지막 남은 소지(小指)를 부러뜨렸다.

"끄아악! 정말이라고, 이 미친놈아! 난 그저 위에서 내려온 데로 움직이는 행동 단원에 불과하다니까!"

주먹코가 목이 찢어지라 비명을 지르며 억울하게 성토했다. 그 모습에서 진정성을 느낀 지우는 그제야 손가락을 쥔 손을 떨어뜨리고, 머리를 끄덕였다.

'좋아, 이제 어찌한다?'

구주방의 용호단이란 곳에 중국인 고객이 있다는 사실을 알았다. 그리고 그 고객이 하위 조직원들에게 앱스토어의 상품 중 몇 가지를 전수했다는 것도 알게 됐다.

그리고 주먹코가 말해 준 정보에 의하면, 아무래도 제주도의 불법적인 사업은 용호단 전체가 모두 꿀꺽한 모양이었다.

허나 그렇다고 딱히 문제가 있는 건 아니다.

중국이건 한국이건 앱스토어의 고객들 대부분은 서로의 존재에 대해서 불편하게 생각하지만 무리하게 싸우려 들지는 않는다.

청룡회 때와 달리, 딱히 용호단과 사업적으로 무슨 문제가 있는 것도 아니고 원한도 없다.

게다가 지우 본인은 중국 고객에 대해서 조금은 알고 있지만, 그쪽은 자신에 대해서 모를 확률이 높았다.

그러니 굳이 난리를 피워서 시비를 걸 필요는 없었다.

"으흐, 으흐흐흐…… 네가 뭐하는 놈인지는 모르겠지만 이대로 순순히 넘어갈 수는 없을 거다."

어찌할지 고민하고 있을 때, 주먹코가 실성한 듯 웃음을 흘려대기 시작했다.

"이곳 카지노는 용호단뿐만 아니라 구주방 자체에서도 신경 쓰는 사업장이라 관리가 상당하지. 그래서 너에 대한 보고도 미리 하고 접촉한 거였거든."

"호오."

"지금쯤이면 정기 보고가 오지 않아서 상부에서 이상하게 여기고 슬슬 다른 용호단원들을 보내 확인하려 하겠지. 우리를 단순히 삼류 양아치라고 생각하지 않는 게 좋을 거다!"

주먹코는 어떻냐, 라는 의기양양한 얼굴로 소리를 버럭 질렀다.

"도망칠 생각은 꿈도 꾸지 마! 지금쯤이면 카지노 앞에서 촬영된 감시카메라 영상이 수배되어……꾸엑!"

주먹코가 지우의 발길질에 맞아 바깥으로 날아가 벽에 화려하게 처박혔다. 일격에 정신을 잃은 듯, 미동도 하지 않는다.

초인적인 청각으로 확인하니, 다행히도 숨은 쉬고 있어 목숨은 건진 모양이다.

"젠장, 그런 건 진작 말해야지. 귀찮게 됐네."

지우는 뒷머리를 벅벅 긁으면서 짜증 가득한 표정을 지었다.

만약 이 사실을 알았다면 사고가 터지기 전, 진작에 알리바이 앱인 A.A를 통해서 영상을 조작하면 된다.

그렇지만 정기 보고가 늦은 상태이고, 또 다른 용호단원이 오고 있다면 이미 영상이 상부로 올라가 저장된 사진이 알려져 있을지 모른다.

그렇다면 뒤늦게 영상을 조작하여도, 이미 그들의 머릿속에는 자신에 대한 정보와 얼굴이 기억에 남아 있으니 정보에 약간의 혼란만 줄 수 있어도, 완벽하게 벗어날 수는 없다.

"이렇게 되면 상황이 달라지지."

짜증과 더불어, 애가 타는 기색을 보이면서 한숨을 푹푹 내쉰다. 속은 체할 것 같이 불편하고, 머리는 안개가 낀 듯이 답답하다.

주먹코가 마지막에 정신적으로 타격을 줄 생각으로 말을 한 것이라면, 충분히 성공적이라 칭할 수 있다.

자신 혼자만 미움을 받는 건 별로 상관이 없다.

그러나 구주방이라는 대규모 범죄 조직에 자신이 노출된다면, 그 영향은 주변 사람들에게도 끼친다.

목숨보다 소중한 가족들에게 피해가 가는 건 물론이고, 여타 사업장에도 구주방의 검은 손길이 닿는다.

그 피해야 요정 직원들이 어느 정도 무력을 지니고 있으니 상관은 없지만, 영업 방해가 들어오면 피해를 입는다. 그러면 당연히 수익에도 문제가 생기고, 폐업을 해야 할지도 모른다.

구주방이 동네 조직폭력배나 양아치도 아니니까, 한 번 싸움이 시작된다면 계속해서 사람을 동원할 터.

그렇다면 이 일을 어떻게든 해결해야만 한다.

"어이! 뭐 하는데 보고가 없는 거야? 아무리 열 받아도 손봐줄 때는 보고 하면서 하라고!"

과연, 카지노 사업에 신경을 쓴다는 건 거짓이 아닌 모양이다. 물류창고의 입구 쪽에서 문이 열리며 용호단원으로 추정되는 인물이 안쪽으로 걸어오는 소리가 들렸다.

"그럼, 한 번 날뛰어볼까."

*　　　*　　　*

주식회사 골드 그랜드는 원래 한국인들이 주주로 있는 대기업이었다.

그러나 어느 날부터 투자자들이 주식 대부분을 중국인에게 팔면서, 그 구성원은 한국인이 아니라 중국인으로 바뀌었다.

결국 이로 인해 몇 년 전, 호텔 및 카지노의 오너(Owner) 역시 한국인에서 중국인으로 바뀌게 됐다.

다만 문제가 있었는데 그 오너의 신분이 국제적으로 활동하는 중화권 범죄 조직으로 유명한 구주방의 간부였다.

또한, 골드 그랜드의 주식을 사들인 중국인 대부분 역시 그 정체를 살펴보자면 다들 구주방 출신이었다.

즉, 구주방이 대한민국이라는 나라에서 도박 사업을 하기 위해 골드 그랜드 카지노를 인수한 것이었다.

이러다보니 정말 웃을 수밖에 없는 상황이 벌어졌다.

원래 골드 그랜드는 한국 기업으로서, 외국인을 대상으로 한 일종의 관광 사업이다.

그러나 오너를 포함하여 대부분 투자자들이 모두 중국인으로 바뀌면서, 한국인이 외국인을 대상으로 한 것이 아니라 중국인이 내국인을 대상으로 외국 땅에서 장사하는 해

괴망측한 꼴이 됐다.

물론 엄연히 대한민국 토지에서 장사하니, 이득이 아예 없는 것은 아니었지만 최종적으로는 중국인 쪽에게 보다 많은 이득이 떨어졌다.

"약쟁이 손봐주러 간 놈들은 뭐하는데 아직도 오지 않는 거야! 그놈들 설마 농땡이 까고 있는 건 아니겠지?"

장 핑은 용호단의 백지선(白紙扇)이다.

여기서 백지선이란, 구주방의 지위의 명칭 중 하나이며 주로 조직의 행정 업무를 담당한다. 직급의 위치 정도는 일반 조직원 위에 있는 중간 간부에 속한다.

그렇다고 백지선을 결코 우습게 볼 수는 없었다.

일단 구주방이 마피아, 야쿠자와 더불어 세계 범죄 조직에 손꼽히는 걸 생각해 보자면, 백지선이 손에 쥔 권력은 결코 무시할 수 없다.

"만약 이 일이 단주님이나 부단주님에게 알려진다면 나도 한소리 듣는 걸로 끝나지 않는다고……."

장 핑은 심려 가득한 목소리로 중얼거렸다.

골드 그랜드의 오너는 용호단의 단주이지만, 사실 제주도에 온 적은 손가락에 꼽을 적도로 그 횟수가 적다.

구주방에 속하는 한 단체의 수장 중 한 명인만큼, 용호단주는 여러 업무 때문에 무척이나 바쁘다.

최근에만 해도 다른 일을 처리하느라 부단주와 함께 출타 중이었다.

용호단주와 부단주가 바쁘게 돌아다니다보니, 골드 그랜드의 일은 장 핑이 그 일을 대신 맡고 있었다.

그 둘을 빼면 용호단에서 제일가는 권력자는 자신이기에 뭐든지 마음대로 할 수는 있지만, 그렇다고 장 핑은 감히 허튼수작을 할 생각조차 하지 않았다.

'어느 안전이라고 그 두 분의 심기를 어지럽히겠어. 만약 그렇게 되면 손가락 한두 개 잘리는 것으로 끝나지 않아.'

용호단주와 용호부단주는 무력도 무력이지만, 심정 또한 잔악무도하기로 유명하다.

특히 용서가 없기로 소문난 용호단주는 설사 자기 손으로 키운 제자라 하여도 실수를 하면 사정하지 않고 팔을 자르는 등 무서운 손속을 보였다.

그 덕분에 용호단원들은 단주를 동경하면서도, 지극히 두려워하였다. 그건 장 핑도 마찬가지였다.

여하튼, 아까 전에 보고를 올리고 약쟁이를 손봐주겠다며 사라진 그 둘이 아직까지 오지 않아서 장 핑은 무언가의 불길함을 느끼고 있었다.

그래서 장 핑은 곧바로 다른 용호단원들에게 연락하여 물류창고로 가서 확인해 보라고 했다.

물론 그렇게까지 크게 걱정은 하지 않았다.

제주도에 있었던 한국의 조직폭력배 외에는 이렇다 할 싸움이 없었기에, 스트레스를 풀려고 시간을 조금 오랫동안 끄는 것이라 생각했다.

장 핑도 그걸 이해 못 하는 것은 아니었다. 다만 그런 생각이 있다면 적어도 보고는 해 줬으면 했다.

그는 약쟁이를 끌고 간 두 사람이 뒤늦게 보고하면 정신 좀 차리라는 의미로 주먹 좀 써야겠다고 속으로 생각했다.

"후우. 기다리는 동안 약쟁이가 뭐하는 놈인지 한 번 확인해 볼까……."

참고로 지우가 이미 늦었다고 말한 것처럼, 그에 대한 신상정보는 이미 장 핑에게 넘어가 있었다.

특별한 보고가 올라오지 않고, 무언가 이상함이 있으면 용호단원과 주의인물에 대해서는 바로바로 정보가 장 핑에게 넘어가기로 돼 있다.

그 덕분에 이렇게 최신으로 정보를 받아 낼 수 있었고, 영상에 촬영된 주인공이 누군지 금방 알아낼 수 있었다.

"별 대단한 놈은 아니군. 리즈 스멜트 회장 손녀의 동행인이란 게 신경 쓰이긴 하지만, 각방을 쓰고 혼자 행동을 하는 걸 보니······재벌 집 아들인가?"

지우는 한국에서 나름대로 유명하긴 했으나, 중국인인 장 핑에게는 솔직히 그렇게까지 알려지지 않았다.

로드 커피나 로드 버거로 신드롬을 일으켰지만, 그건 어디까지나 국내에서의 일이다.

중국인 입장에선 그냥 요식업으로 그럭저럭 성공한 기업인 수준이다.

물론 그가 대표 이사로 있는 세이렌의 가희는 중국인들에게도 최근 그럭저럭 알려져 있긴 하지만, 그렇다고 국민들 모두가 좋아하는 수준은 아직 되지 않는다.

아직까지는 미미한 정도다.

또한, 구주방이 영화계에도 나름대로 관여를 하지만, 그것도 어디까지나 홍콩의 영화 산업 정도다.

아무리 옆 나라인 한국이라 하여도 그 방송계까지 관심을 갖는 건 아니었다.

그 외에도 지우의 존재감은 함께 동행한 VIP 한소라에 의하여 더더욱 옅어졌다.

상류층 사회가 다 그렇듯, 재벌 그룹 자녀들은 대부분 다른 재벌 자녀들과 자주 교류하곤 한다.

장 핑은 한소라가 타 재벌 그룹의 자제인 청년과 함께 그냥 식사를 하면서 가문 얘기나 하는 건 아닐까 생각했다.

만약 서로 연애 관계라면 충분히 대박이 나겠지만, 영상을 확인해 보니 서로 식사만 하고 각 방으로 돌아갔고 남자는 따로 나와서 카지노에서 행동하고 있었다.

저걸 보니 특별히 무슨 사이인 것 같지도 않고, 남자 쪽은 넘치는 돈으로 그냥 마약을 하러 나온 것 같이 보였다.

중국인이 아니라 한국인이 국내에서 마약을 하는 건 흔히 볼 수 있는 장면은 아니지만, 그래도 아예 없는 건 아니었다. 특히 돈 많은 집 자식들에겐 가끔씩 일어난다.

장 핑은 그렇게 아무것도 아닐 것이라며, 오해의 끝에 제멋대로 판단하였다.

이후에 있을 일은 상상도 하지 못한 채.

*   *   *

골드 그랜드 카지노의 뒤편에는 물류창고와 더불어서 용호단원들이 숙식을 해결하는 전용 건물이 있다.

한국인이건 외국인이건 간에 일반인은 물론이고, 골드

그랜드 호텔 및 카지노 일반 직원 역시 마음대로 출입할 수 없다.

이는 본 건물이 구주방과 밀접하게 관련되어 있기에, 용호단에게 허가를 받지 않는 사람은 출입할 수 없었다.

실제로 용호단주가 골드 그랜드의 오너가 된 이후로, 이 법은 단 한 번도 깨진 적이 없었다.

설사 골드 그랜드의 한국 주주들이라 하여도 대주주인 오너의 허가가 없다면 출입이 금해졌다.

그러나 오늘 그 법칙은 한 사람에 의하여 무너지게 된다.

— 왜 너 혼자밖에 안 왔어? 너에게 업혀 있는 놈은 누구고.

본관 출입구는 단 하나밖에 없었는데, 그 구조는 두꺼운 두께를 자랑하는 방탄유리로 된 문이었다.

다만 선탠 처리가 되어 있어 그 안이 어떻게 됐는지는 알아볼 수 없었다.

참고로 본관 바로 근처에는 사각지대가 없는 감시카메라가 열 대가 설치되어 있다.

"야, 약쟁이야. 물류창고로 갔더니 그 둘이 약쟁이를 엉망진창으로 만들었더라고. 게다가 어쩌다가 우리 정체를 안 것 같은데, 아무래도 입막음을 해야 할 것 같아. 그리고 그 둘은 카지노 입구 경비 때문에 다시 돌아갔어."

카지노 입구에서 대담하게도 약을 복용한 남자를 등에 업은 용호단원이 말을 어눌하게 더듬으며 말하였다.

— 젠장! 어쩐지 늦게 오더라. 그렇지 않아도 그 녀석들 때문에 폭발 직전이라고. 얼른 와서 보고해!

로비에서 출입자들을 지켜보던 용호단원은 한 가지 간과하고 있는 것이 있었다.

원래 카지노 입구를 지키던 용호단원들은 약쟁이를 끌고 가려고 했을 때, 다른 용호단원 두 명을 불러서 대신 경비를 서도록 부탁하였다.

그렇다면 다시 경비를 서러 갈 필요가 없으니, 대머리와 주먹코 용호단원 역시 동행했어야만 했다.

그러나 출입 관리를 맡은 용호단원은 위에서 장 핑이 열불이 났다는 소식을 듣고 불호령이 자기에게도 떨어질 것이 두려워서 당연히 할 의심을 하지 않았다.

게다가 또 한 가지 실수.

약쟁이를 업고 있는 용호단원의 얼굴이 새파랗게 질린 안색을 제대로 보지 못한 점이었다.

제10장

또 다른 가능성을 보고
폭력을 구사한다

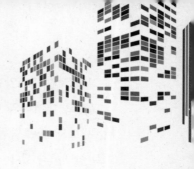

　'역시 수가 꽤 많다. 텔레포트로 무작정 쳐들어오지 않아서 다행이다.'

　용호단원에게 업혀서 안으로 들어온 지우는 주변을 슥 훑어보고 안도의 한숨을 내쉬었다.

　출입구를 통해 로비로 들어서자마자, 그곳에는 의자에 앉아 눈을 부릅뜨고 험악한 기세를 품고 있는 용호단원들로 가득했다. 몇몇은 도검 등을 지니고 있어 굉장히 위험해 보였다.

　불과 한 시간 전, 물류창고에 온 용호단원을 발견한 지우는 그를 재빨리 제압했다.

그리고 대머리와 주먹코를 다시 일렉트로로 마비시킨 뒤, 새로 온 용호단원을 무력으로 협박하여 용호단의 본거지로 안내하라 했다.

물류창고 바로 근처에 숙소가 위치해 있다는 걸 듣고, 텔레포트로 들어가 무작정 난리를 피울까 생각해봤지만 금세 머리를 좌우로 돌리며 생각을 바꿨다.

용호단원들의 무력 자체는 자신보다 약하긴 했으나, 그래도 상당히 위협적이었다. 네다섯 명 정도면 모를까, 만약 수십 명이 덤벼든다면 이길 수 있을지 의문이 들었다.

그래서 일부러 텔레포트를 포기하고 이렇게 연기까지 섞어가며 안으로 침입하였다.

'일단 최대한 갈 수 있는 곳까지 깊숙하게 가서, 청룡회 때처럼 우두머리부터 제압한다. 그러면 수월하겠지.'

수적으로 부족할 때는 지휘 체계부터 제압하면 그만이다. 그럼 그를 인질로 삼아서 우위에 설 수 있었다.

작전을 세운 지우는 이곳에 오기 전, 미리 용호단원에게서 현재 골드 그랜드에 있는 용호단원 중 제일 직급이 높은 백지선 장 펑과 그 위에 있는 용호단주와 용호부단주에 대해서 정보를 들었다.

'과연 용호단주가 중국의 고객일까, 아니면 용호단을 산하로 둔 구주방의 두목이 중국의 고객일까? 후자라면 매우 귀찮아지는데.'

후자라면 정말 혼자서 어떻게 해볼 수 있는 상대가 결코 아니다. 구주방의 규모만 해도 국제적으로 십만에 이른다고 한다. 그만큼 그 숫자는 방대하니, 그들과 싸우려면 정말 개인의 힘으로 불가능하다.

만약 후자의 경우, 어떻게든 이곳에서 일을 해결하여 단주나 부단주의 목숨을 붙잡고 방송화류협회 같이 앱스토어의 상품으로 협박할 수 있는 여건을 만들어야한다.

만약 그렇게 한다면 구주방에 이 소식이 들어가는 최악의 결과를 막아 낼 수 있다.

지우가 이곳의 우두머리를 찾는 또 다른 이유 중 하나였다.

"내가 네 얼굴을 보지 않다고 해도 허튼수작을 하지 않는 것이 좋을 거야. 조금이라도 상황이 이상하게 돌아간다면 각오하는 게 좋을 거야. 농담이 아니라는 거 알고 있지?"

최상층으로 향하는 엘리베이터 안.

용호단원에게 업힌 지우는 그의 귓가에 섬뜩한 목소리로

나지막이 속삭였다.

"끄응⋯⋯."

물류창고에서 일렉트로라는 비상식적인 힘에 지독하게 당한 용호단원은 앓는 소리를 내면서 머리를 끄덕였다.

딩동.

대답과 동시에 엘리베이터가 최상층에 도착했다. 그리고 '문이 열립니다.' 라는 안내와 함께 엘리베이터 문이 양쪽으로 활짝 열렸다.

"하."

눈앞에 펼쳐진 광경을 본 지우가 헛웃음을 내뱉었다.

"깡패 새끼 주제에 머리 회전 한 번 빠르네. 대체 언제 수작을 부린 거야?"

*   *   *

구주방은 동네 깡패 같은 어수룩한 범죄 조직이 아니다.

그중 용호단이 창설된 것은 비교적 최근이긴 하지만, 용호단원 자체는 상당한 실력을 지닌 조직원이다.

그들은 행동 부대인 만큼, 타 조직이나 경찰 등과 상당히 많이 부딪치면서 싸워왔다.

범죄조직답게 경찰이나 혹은 그에 비슷한 단체들이 습격해오는 것에는 눈치가 귀신같이 빠르다.

조직원 모두가 말을 할 수 없는 상황에서, 무슨 일이 있다는 걸 조직원들에게 알리는 비밀 신호를 항상 머릿속에 두고 있다. 만약 그걸 모르면 구주방 자체에 들어올 수 없다. 이건 아주 기본적인 소양이었다.

"예를 들자면, 조직원들 사이나 혹은 감시카메라가 있는 위치에서 말과 몸짓이 제한되어 있을 경우 눈동자를 좌우로 일정한 템포로 움직인다. 그럼 그게 비밀 신호가 되지."

백 명 정도의 인원은 충분히 수용하고도 남을 만큼의 공간의 홀에는 도검을 소지한 용호단원이 자리 잡고 있었다.

그 숫자를 대충 세어보니 약 사십은 되지 않을까 싶다.

양 쪽으로 나열된 용호단원들 끝에는 도시 야경이 보이는 창문을 뒤로하고 고풍스러운 디자인의 책상 앞에 중년남이 깍지를 낀 채 앉아 있다.

심한 탈모에 걸린 듯, 뒤통수와 옆을 제외하곤 머리카락을 찾기가 힘들다. 얼굴은 뒤룩뒤룩 찐 살 때문에 그 형태가 둥글다.

그러나 째진 눈매와 뭉그러진 코, 그리고 두툼한 입술 등의 이목구비는 전체적으로 사나운 인상을 풍겼다.

연령대를 보자면 약 사십 대 정도, 그러나 몸은 결코 형편없는 중년의 몸이 아니다.

단순히 지방으로 된 몸이 아니라, 근육 또한 포함되어 있는지 어깨는 쩍 벌어져 있고 양복 안에 숨겨진 팔의 두께는 상당해 보인다.

범상치 않은 분위기를 풍기는 이 중년남이 바로 용호단의 백지선인 장 핑이다.

"자네가 탄 엘리베이터는 일반 승객용이라네. 비상시에 준비된 고속엘리베이터가 상시 대기 중이고, 이를 통해서 밑에 있는 전력이 될 만한 용호단원들을 이리로 올려 보냈지."

"나 혼자밖에 없는데, 너무 신경 써주는 거 아냐?"

어느새 달려 나가려 했던 업혀 있는 용호단원의 뒷덜미를 붙잡은 지우가 피식 웃었다.

그러자 장 핑이 딱딱하게 굳은 얼굴로 검지를 폈다.

"우선, 자네는 육합권을 그럭저럭 대성한 용호단원 셋을 제압하고 상처 없이 여기에 들어왔어."

"너무 과대 해석한 거 아니야?"

"헛소리는 안 하는 게 좋을 거네. 한 명이라면 모를까 셋이나 제압한 정도면 보통 일이 아니야. 굳이 여기까지 안내한 것도 그 때문이라네. 혹시 모를 일을 대비해서 전력으로 상대해야 하니까."

"허어. 과연 천하의 구주방은 다르구만. 너무 철저한 대접에 몸 둘 바를 모를 정도야."

지우는 어깨까지 으쓱이면서 겉으로 여유를 부렸으나, 그 속은 전혀 아니었다. 속이 바싹바싹 타들어 가는 기분이었다.

우두머리를 먼저 제압하려고 나름대로 작전까지 세웠는데, 그게 모두 무용지물이 되고 최악의 상황을 맞이하게 됐으니 미치고 팔짝 뛸 노릇이었다.

"단주께서 성별, 연령에 상관없이 둘 이상 용호단원을 제압하는 놈은 전력으로 싸우라고 했으니까."

장 핑이 책상을 손가락으로 두들기곤 답했다.

'양추선과 김효준과는 전혀 다른 타입인가. 골치 아파 죽겠네.'

아무래도 중국 고객은 자신처럼 타 고객에 대한 대처도 확실히 하는 모양이었다. 점점 더 머리가 아파왔다.

"자네가 얼마나 강한지는 모르네. 하지만 이 정도나 되는 인원들과 모두 싸우는 건 무리지. 그러니 얌전히 포박당해서 자네에 대한 정체와 목적에 대해서 말해 보실까? 보아하니 단순히 재벌 그룹의 아들은 아닌 모양인데."

장 핑은 여전히 지우에 대해서 잘못 파악하고 있었다.

"재벌 그룹의 아들? 뭔가 잘못 알아도 단단히 잘못 안 모양이네. 난 그런 곳과 별로 연이 없는 남자야."

"글쎄, 리즈 스멜트의 한소라와 있는 걸 보면 전혀 아닌 것 같네. 뭐, 좋아. 그렇다면 네 입으로 직접 설명해 주지 않겠나? 물론 내 부하는 놓고 거기 무릎 꿇고 앉아서."

장 핑이 검지로 정중앙을 가리켰다.

"날 신경 써 줘서 고맙긴 한데, 내가 무릎이 안 좋아서……."

"걱정하지 말게. 누워서 들어도 괜찮으니까."

장 핑이 검지 외에 다른 네 손가락도 쫙 피고 손을 위로 들었다. 그러자 양 열로 나열되어 있던 용호단원들이 얼굴을 굳히고 자세를 취했다.

스르릉

허리춤에 병장기를 소지한 용호단원들은 칼집에서 청아한 검명(劍鳴)과 함께 도검을 뽑았다.

수십 명이나 되는 용호단원이 도검을 쥐거나, 주먹을 쥐고 이쪽을 노려보는 광경은 소름 끼치도록 공포스럽다.

그들과 마주 본 지우는 손가락 끝을 움직이며 정신을 집중하여 어떤 힘을 실험해 봤다.

'쯧. 자기장은 무리인가.'

일렉트로는 전류를 의지만으로 발현할 수 있다.

예전에는 접촉을 해야 낼 수 있었지만, 백고천과 양추선 그리고 김효준 등 고객들과의 싸움 속에서 성장하여 원거리로 쏠 수 있을 뿐만 아니라 필살기 비스름한 것도 사용할 수 있게 됐다.

그래서 혹시 자기장을 마음대로 조종할 수 있지는 않을까 생각했지만 안타깝게도 거기까지는 불가능했다.

만약 그럴 수만 있다면 눈앞에 있는 철로 된 도검들을 장난감처럼 마구 가지고 놀 수 있을 텐데, 그러지 못하니 참으로 아쉬웠다.

'김효준과의 싸움에서 쓴 특대를 쏘면 속 시원하게 정리할 수 있을 텐데. 하지만 그건 너무 눈에 띈다. 쓸 수 없어.'

확실히 바사키 샤크티라면 지금 상황을 모두 뒤집을 수 있다. 그러나 위력이 너무 강맹해서 또 문제였다.

수억, 혹은 수십억 볼트로 이루어진 번개의 창을 여기서 쓴다면 이 상층부 전체가 날아갈지도 모르니, 곤란하다.

아직 바사비 샤크티를 축소 운용하는 등의 미세한 조정

능력은 가지지 못해서 축소판을 쓸 수도 없었다.

워낙 스케일이 거대하다 보니, 어디 가서 연습을 할 수도 없다.

물론 죽기 직전의 상황이거나, 그런 걸 따지지 않을 정도라면 자포자기하고 쓸 수밖에 없지만 그렇다 해도 어디까지나 최후의 수단이다.

바사비 샤크티를 쓴다면 구주방에게 몸을 숨기기는커녕 '내가 용호단을 전멸시킨 원수니까 나 잡아봐라!' 하고 광고하는 꼴이었다.

장 펑이 구주방에 따로 보고하지 않았다면 모를까, 그렇지 않을 확률이 높아서 용호단주에게 알려졌다면 이곳을 쑥대밭으로 만들고 난 뒤에 구주방에게 쫓길 가능성이 다분했다.

적대하고 있는 세력이 규모가 있는 만큼, 지우의 행동은 무척 조심스러웠다.

"뭐, 방법이 아주 없는 건 아니지만."

*   *   *

약 한 시간 전.

'작전대로 잠입에 성공해서, 우두머리를 제압한다면 괜찮아. 하지만 그럴 확률이 얼마나 될까? 실패할 것을 대비해놔야 해.'

나름대로 머리를 굴렸지만, 세상일은 마음대로 되는 법이 없다. 특히 지우는 자신의 행운을 수치화하면 그 능력이 F라는 걸 알고 있었다.

자고로 돌다리도 두들기고 건너야하는 법.

작전이 실패하고, 수십 명은 될 법한 용호단원과 싸워야할 상황을 생각하여 어찌할지 고민했다.

'주먹코가 내가중수법을 쓴 걸 보면 다른 용호단원들의 무공도 비슷하겠지. 그렇다면 거기에 또 당할 수가 있어.'

한 두 사람이라면 모를까, 수십 명과 싸우다 보면 회피만으로는 한계가 있다.

몇몇 공격은 받아 내거나 흘려야하는데, 문제가 있다면 그런 과정에서 공격에 접촉한다는 점이다.

당연히 그렇게 되면 공격에 실린 내공에 맞게 되고, 그 힘을 반격할 수 없는 자신은 데미지를 입는다.

한 순간도 방심할 수 없는 일촉즉발의 순간에 그런 타격을 받는다면 질 수밖에 없다.

'일단 내가 알고 있는 바에 의하면, 내공이 실린 공격을

받아내려면 공격자와 비슷한 수준의 내공을 지니고 있어야 해. 하지만 나에게 그런 건 존재하지 않아.'

내공이란 체내에 응축된 기(氣)의 흐름이다.

여기서 말하는 '기'란 곧 진기(眞氣)를 뜻하며, 이 내공의 세기를 공력(功力)이라 말한다.

주먹코가 펼친 육합권에 맞아 자신의 장기에 타격을 준 수수께끼의 무언가의 정체는 바로 이 내공이었다.

허나, 이 내공이란 건 결코 아무나 가질 수 있는 것이 아니다.

내공을 다루는 마음의 수련법, 일명 '내공심법(內功心法)'을 통하여 기를 가두는 그릇인 단전(丹田)을 생성하고 진기를 쌓는 일종의 운용법을 익혀야했다.

내공심법 같은 것들을 보통 무공이라 칭한다.

하지만 지우는 일찍이 청룡회와 싸우면서 무력을 구하는 도중, 마법이나 무공의 경우 노력과 시간을 제법 많이 투자해서 배워야한다는 것 때문에 포기하고 초능력을 선택했다.

즉, 무공을 배운 적이 없기에 체내에 단전이 생성된 것도 아니었으며 진기 또한 운용할 수 없었다.

내가중수법에 대항하려면 무공을 필수로 익혀야하거늘,

그러지 못하니 곤란할 노릇이었다.

'잠깐! 그러고 보니 대머리도 그렇고, 주먹코도 그렇고, 그놈들은 내 일렉트로를 맞고도 제법 버텨냈었지. 그렇다면……전기(電氣)가 내공을 대신할 수 있지 않을까?'

처음에 대머리와 주먹코가 일렉트로에 내성이 있는 모습을 보인 건, 단순하게 무공을 배워서 그런가 하고 막연하게 생각했다. 하지만 다시 생각해 보니 그 원인을 알 수 있을 것 같았다.

지우는 혹시 하는 마음에 방금 전에 제압했던 용호단원을 통해서 한 번 실험해 보았다.

용호단원에게 전류를 미약하게 흘러내자, 용호단원은 비명을 흘리면서 반사적으로 내공으로 반격했다.

몇 번의 시도 끝에, 실험은 성공적으로 끝났다.

비록 그 개념은 서로 다르지만, 진기와 전기는 성질이 조금 다를지언정 그 원류는 같다는 것을 깨달았다.

*   *   *

"한 판 붙자고—!"
목청껏 소리를 내뱉으면서 프랜드 쉴드로 뒀던 용호단원

의 등을 발로 후려치면서 앞으로 날려 버렸다.

덕분에 조금씩 거리를 좁혀오던 다른 용호단원들의 포진 (布陣)을 잠시 동안 엉망으로 만들 수 있었다.

"어딜!"

그러나 그것도 잠시. 가장 가까운 거리에 있던 용호단원 한 명이 지면을 밟고 현란한 보법을 밟으며 날아왔다.

다만 정직할 정도로 권로(拳路)를 그려내며 주먹을 날렸는데, 그 모양새를 보니 불과 한 시간 전 주먹코가 보여 줬던 육합권이었다.

'자, 그럼 어디 잘 맞나 봐보실까!'

지우가 기다렸다는 듯이 왼 손바닥을 날아오는 주먹을 향해 날렸다. 물론 일렉트로를 발현하여 몸 내부의 전기를 손바닥 끝으로 미는 것 또한 잊지 않았다.

"아아악!"

비명이 터졌다. 이번에는 지우 쪽이 아니었다. 먼저 육합권을 날린 용호단원이었다.

용호단원의 일권에는 약 오 년 정도의 공력이 실려 있었으나, 그 양은 애석하게도 지우가 손바닥에 담은 전기와의 싸움에서는 힘없을 정도로 약했다.

서로 다른 성질의 내공이 부딪쳐서, 힘 대결을 통해 어느 한쪽이 진다면 그 결과는 참혹하다.

당연히 접촉한 상대의 내공에 의해 충격을 받을 뿐만 아니라, 본인이 쏟아 냈던 내공의 힘 역시 비수가 되어 되돌아와 충격에 힘을 더한다.

이러한 법칙 때문에 보통 진기의 대결은 피하는 것이 좋다. 만약 지우도 이 사실을 알고 있었다면 조금 주저했을지도 모른다.

다행히도 그 무식은 좋은 쪽으로 방향을 꺾었다.

그가 지닌 전기는 공력으로 환산하면 그 수치를 정하기가 조금 애매하긴 하나, 많으면 많지 결코 적지는 않다.

일렉트로를 지속적으로 사용하면서 상승한 정신력, 그리고 트랜센더스라는 초능력 덕분에 정신적 한계의 돌파로 인한 성장.

그 압도적인 정신력을 그대로 에너지로 일시적으로 전환하여 사용했으니 그 힘은 상당했다.

"광역기 한 번 터뜨립니다!"

용호단원 한 명을 무력화시킨 걸 확인하자마자 지우는 양손을 주먹으로 꽉 쥐고, 위에서 아래로 흔들며 손을 해바라기마냥 쫙 폈다.

양전하를 지닌 입자와, 음전하를 가진 입자가 서로 충돌하고 반응하며 시퍼런 스파크가 튀었다.

마치 거미줄마냥 쩌저적하고 그어진 푸른 섬광은 그대로 홀 전체에 퍼져 가까이에 있는 금속, 도검으로 빨려 들어갔다.

"끄아아악!"

"아아악!"

"크아아아악!"

곳곳에서 비명이 터진다. 주로 도검을 든 용호단원들이었다.

비록 자기장을 조종하여 도검을 장난감처럼 다룰 수 없다하여도, 일렉트로는 금속 앞에서 상성상 우위를 점할 수밖에 없다.

금속이 열과 전기가 잘 전달하는 도체이기에, 이렇게 전류를 방출하면 단연 첫째로 금속이 있는 곳을 목표로 향하기에 그렇다.

굳이 상대방을 표적으로 삼고 전류를 흘리지 않아도, 가만히 두면 알아서 가까이에 있는 금속으로 향한다.

아주 좋은 맹점이었다.

참고로 사십 명에 가까운 용호단원 중에서 도검을 든 자는 무려 삼십이었다. 반이 넘는 숫자가 손도 대지 않고 잠시 동안 행동불능에 걸렸다.

마음 같아선 단번에 기절시키려고 했지만, 전기를 넓게 분산하느라 어쩔 수 없이 위력이 감소됐다.

아쉽지만, 그래도 상당히 괜찮았다.

서른 명의 용호단원뿐만 아니라, 나머지 열 명도 믿기지 않는 현상과 전류의 빛을 보고 패닉에 빠졌다.

"한 명."

그 패닉을 그냥 보고 있을 리 없는 지우는 이 상황을 철저히 이용하기로 했다.

제일 근처에서 입을 열고 멍하니 있는 용호단원을 목표로 삼는다. 허벅지 근육에 잔뜩 힘을 주고, 밀어내듯이 지면을 박차고 몸을 날렸다.

한 줄기의 섬광을 남기면서 앞으로 로켓처럼 날아간 지우는 그대로 깨끗한 직선을 그려내며 주먹을 내질렀다.

파아앙 하고 대기층을 터뜨리는 파공음을 낸 주먹은 그대로 입을 벌리고 있는 용호단원의 명치를 가격했다.

"꾸에엑!"

갈비뼈가 으스러지는 끔찍한 고통을 느끼며 용호단원이 그대로 날아가 뒤에 있던 용호단원과 부딪쳐서 땅바닥을 사정없이 구른다.

"괴물 같은 놈!"

근처에 있던 용호단원이 귀신같이 반응하며 덤벼든다.
용호단원은 그대로 지우의 등 뒤를 노리고 위에서 아래로
수직선을 그려내며 내려찍기를 시도했다.

'뒤.'

말로 설명할 수 없는 감각이 내려찍기를 잡아낸다.

뒤에서 무언가의 움직임이 잡히자마자 지우는 왼발을 축
으로 삼아 몸을 빙글 하고 돌려차기로 반격에 나섰다.

수직으로 내리꽂던 다리는 지우의 강맹한 돌려차기와 정
면으로 충돌하였고, 그 결과는 참혹했다.

"아아악!"

무공을 연공한 자는 내공이건 외공이건 간에 일반인에
비해서 전체적으로 몸이 튼튼하고 뼈 역시 단단하다.

그러나 그건 지우 역시 마찬가지다. 비록 무공을 연공하
지는 않았으나, 트랜센더스라는 초능력으로 육체적 한계
가 이미 인간을 초월한 상태였다. 그뿐만 아니라 지금은 일
렉트로로 전환시킨 에너지 때문에 몸이 일시적으로 강화한
상태다.

쉽게 말하자면 선천적으로 육체 자체가 흑인 뺨을 후려
치고도 남을 정도로 근골이 범상치 않았는데, 거기서 일렉

트로로 한층 더 높아져 과연 인간이 맞나 싶을 정도다.

몸 자체가 흉기라 부를 정도이니, 그것과 정면으로 충돌한 상대가 멀쩡할 리가 없다.

그 결과로 내려찍기를 시도한 용호단원은 다리가 부러지는 동시에 돌려차기에 들어간 힘에 이기지 못하고 옆으로 고꾸라졌다.

"고작 한 명을 상대로 뭘 쩔쩔매고 있어!"

멀리서 그 모습을 지켜보던 장 핑은 예상과 다르게 벌어지는 전개에 입을 다물지 못하고 경악했다.

"한 명씩 덤비지 말고 한꺼번에 처리하란 말이닷!"

그 말에 정신이 번쩍 든 일곱 명이 각기 다른 위치에서 무작위로 덤벼든다. 그 모양새가 제법 위압적이다.

지우는 두 눈을 매섭게 뜨고 정신을 집중했다.

그러자 알 수 없는 초감각이 발동되어, 눈동자를 빠르게 굴려 덤벼드는 일곱 명의 움직임을 짧은 시간 내에 파악하려 힘썼다.

그러자 슬로우 모션을 보는 것처럼, 일곱 명의 움직임이 천천히 흘러가는 신비로운 광경이 펼쳐졌다.

느리게 흘러가는 시간 속, 오롯이 지우 홀로 마치 다른 세상에 있는 것처럼 재빠른 속도로 움직인다.

불과 1미터 내외에 있는 용호단원에게 먼저 다가가, 네 손가락을 반쯤 구부리고 손바닥에 힘을 준다.

그리고 그 역시 무협지에 나오는 고수처럼, 손바닥을 무기로 삼아 지척에 온 용호단원의 턱을 후려쳤다.

빠악!

턱이 으스러질 듯한 통증과 함께 두개골이 앵앵 울리면서 용호단원이 크게 휘청인다.

지우는 그 용호단원의 목덜미를 얼른 낚아채서, 그대로 빙글 돌려 위치를 바꿨다.

그러자 방금 전에 자신이 있던 자리를 향해서 다른 용호단원의 주먹이 도착했다. 그 주먹은 프렌드 쉴드로 삼은 용호단원의 턱을 재차 후려쳤다.

"꺼억!"

"이런!"

뒤를 노리고 권공을 펼쳤던 용호단원이 당황한다.

그를 시작으로 뒤늦게 덤빈 다섯 명의 용호단원도 당혹스러운 감정을 내보였다.

원래 공격하려 했던 상대가 갑자기 위치를 바꿔서 공격 경로를 바꾸느라 태세 변환을 해야만 했다.

허나 지우는 그 짧은 틈을 놓치지 않았다.

좌측에서 들어오던 용호단원의 다리 사이로 발을 걸어서 넘어뜨린 뒤, 다리를 건 발을 다시 회수하여 그대로 사정없이 아래로 내리꽂았다.

"커허억!"

넘어지면서 흉부를 밟힌 용호단원이 비명을 지르는 동시에 시뻘건 피를 토해 냈다.

"뭐 저런 괴물이……."

천천히 흘러가던 시간이 다시 정상을 찾는다.

일곱 명 중 벌써 두 명이 어이없이 당했다.

그중 한 명은 동료에 의해서 완전히 재기불능이 됐다.

용호단에 입단한 이후, 단주와 부단주를 제외하고 세상 누구도 두렵지 않았던 용호단원들은 처음으로 공포심을 갖게 되어 싸움에 주저하게 됐다.

적들이 단체로 혼란에 빠졌다. 아주 좋은 기회다.

다리에 힘을 잔뜩 준다. 그러자 단단하고 탄력 있는 표범과도 같은 날렵한 근육이 크게 부풀어 올랐다.

그대로 힘을 가득 준 발을 굴려 지면을 두들겼다.

쾅—!

귀청이 떨어지는 듯한 폭음과 함께 지면에 지우를 중심으로 원형의 크레이터가 생겼다.

멀쩡했던 땅이 약간이나마 갑자기 꺼지자 그 위에 있던 다섯 명의 용호단원들이 중심을 잃고 휘청거렸다.

적들이 다시 틈을 보인 걸 보고 입술을 침으로 적신다.

나름대로 신난 지우는 아래로 꺼진 땅을 박차고 멧돼지처럼 돌진했다. 그 방향은 다섯 명 중에서도 따로 떨어진 용호단원이었다.

"하나!"

목소리를 높여 외치고, 우권(右拳)을 질렀다. 그 주먹은 대기층을 꿰뚫고 화살처럼 쏘아져 용호단원의 흉부를 노리고 들어갔다.

"어딜!"

그러니 용호단원이 눈을 번뜩 뜨면서 최대 공력을 실은 채 왼발을 힘껏 내딛는 동시에 체중을 힘껏 실어 좌장(左掌)으로 우권을 막아 냈다.

뼈어억 하고 주먹과 손바닥이 부딪치면서 찰진 소리를 낸다. 전력과 공력이 부딪치면서 힘의 대결을 시도한다.

'막았다!'

용호단원의 입꼬리가 비틀어 올라갔다.

어느 한쪽이 이기거나 지지는 않았다. 그러나 아까 다른 용호단원들은 지우의 공격을 받으면 모조리 버티지 못하고 나가떨어졌다.

즉, 그 의미는 저 괴물 같은 놈도 드디어 지쳐서 내공이 얼마 남지 않았다는 것을 뜻했다. 용호단원은 이제 저 무쌍을 그만 볼 수 있다며 속으로 좋아했다.

제11장

사람을 초월한 무언가를
괴물이라 칭한다

　허나 기뻐하기도 잠시, 지우는 살짝 놀란 표정을 지었으나 곧 개의치 않은 얼굴로 좌권(左拳)을 번개같이 출수하여 아래에서 위로 올려 치기를 선사했다.

　용호단원이 깜짝 놀라 남은 팔을 접어서 얼굴과 흉부를 가렸다. 하지만 그건 크나큰 실수했다.

　지우가 노렸던 곳은 애초에 얼굴이나 흉부가 아니었다. 우권을 막아 낸 용호단원의 왼팔이다.

　"끄아아악!"

　뼈가 으스러지는 요란스러운 소리와 함께 용호단원의 왼

팔이 기형적인 방향으로 꺾였다.

방어에 맡겼던 손을 회수하여, 꺾인 팔을 붙잡고 고통스러운 비명을 흘리는 용호단원을 지우는 발로 복부를 후려쳐 멀리 날려 버렸다.

"대체 뭐하는 놈이냐!"

"괴물을 쓰러뜨려야 한다! 그렇지 않으면 우리가 당해!"

"죽여도 상관없으니까 조금이라도 빨리 처리해!"

균형을 잃었다가, 다시 제자리를 찾은 남은 네 명의 용호단원이 질겁한 기색으로 덤벼들었다. 그들의 눈동자에는 공포 반, 초조함 반이 뒤섞여 있었다.

장 펑의 명령이 아니더라도, 그들은 살기 위해서라도 어떻게든 지우를 처리하기 위해 내공을 최대한 끌어 모아 주화입마를 각오한 전력을 뿜어냈다.

좌우(左右)와 전후(前後)에서 숫자에 맞게 각각 한 명씩 피부가 짜릿해질 정도로 최대 공력을 실은 공격이 지우를 노리고 날아왔다.

"흐랴압!"

거의 동시에 공격이 이루어졌지만, 그래도 각자 거리나 속도, 내공 등의 조금씩 달라서 차이는 있었다.

좌측에 있던 용호단원의 공격이 제일 먼저 닿으려 한다.

분명 손에 도검을 쥔 것도 아닌데, 앞으로 곧게 내지르는 주먹을 창날이 달린 것처럼 매서운 찌르기였다.

'맞부딪치지 않고 회피해야 해. 조금이라도 틈이 생긴다면 아무리 나라도 남은 세 명의 공격을 모두 막을 수는 없어!'

머릿속에서 위험신호가 울리자마자 허리를 뒤로 확 꺾었다. 유연한 몸 덕분에 번쩍 든 양손이 지면에 닿았다.

지우는 그대로 상체를 기둥으로 삼아 버티고, 하체를 위로 들어 올려 텀블링과 함께 올려 차기로 좌측의 용호단원의 턱을 후려쳤다.

"끅!"

화려한 텀블링과 함께, 턱을 맞은 용호단원이 힘없이 제자리에서 주저앉는다.

그러나 아직 모두 끝난 것이 결코 아니다. 적은 아직 세 명이나 남았다.

우측에서 접근해오던 용호단원이 유려한 곡선을 그리면 회전력을 담아 위력을 더해서 텀블링이 끝나고, 원래 자세로 되돌아오던 지우의 목젖을 노렸다.

단 일격에 목뼈를 부러뜨려 즉사시키겠다는 살의가 느껴진다.

"어딜!"

지우가 이대로 당하지 않겠다는 듯 몸을 번개처럼 움직였다.

머리를 오른편으로 돌리자, 주먹이 목덜미를 정확히 노리고 공중에 빙판이라도 깔린 듯 미끄러지며 날아오고 있었다.

일반인이었다면 눈앞까지 다가온 주먹에 당황하며 눈을 감을 만했지만, 이미 싸움에는 나름대로 익숙해진 지우는 침착한 대응을 선보였다.

왼 손바닥을 들어 날아오는 주먹의 타격을 받아 내고, 동시에 체내에 있는 전기를 방출하여 내가중수법에도 대응한다. 그야말로 혀를 내두를 만한 반응속도였다.

지우가 보여 준 움직임은 확실히 말도 안 되는 것이었는지, 우측에 있던 용호단원이 입을 쩍 벌리고 경악했다.

"네 몸 좀 빌리마!"

나머지 한 손도 꺼내서 용호단원의 팔을 꽈악 붙잡았다. 놓치지 않도록 손아귀의 힘에도 상당한 힘을 가했다.

"으아아악!"

힘을 주자 용호단원의 몸이 부웅하고 허공으로 떠올랐다. 지우는 제자리에서 한 바퀴 돌며 괴력을 이용해 용호단원을 마치 무기마냥 휘둘렀다.

"끄악!"

마침 재수 없게도 후방에서 슬그머니 습격하려 했던 용호단원이 몽둥이가 된 용호단원에게 후드려 맞았다.

"제발 좀 죽으란 말이다!"

마지막 남은 한 명, 정면에 있던 용호단원이 지면을 박차고 일 미터가량 높이 도약했다.

양손은 깍지를 껴서 주먹을 만들어 냈고, 마치 철퇴를 휘두르는 것마냥 묵직한 공력을 담아서 내려찍기를 시도했다.

"미안하지만 여기서 죽기에는 아직 이르다."

그러나 철퇴가 머리 위로 떨어지기 전에, 검지와 중지를 뻗어서 전류를 뿜어냈다. 빠지직 하는 소음과 함께 푸른색 빛줄기가 용호단원의 흉부를 꿰뚫었다.

딱히 피부를 태우고, 그 안에 뼈와 살을 녹여버린 건 아니었으나 본인의 공력을 월등히 뛰어넘는 전류가 지나간 것만으로 용호단원은 감전과 함께 정신을 잃었다.

쿠웅.

결국 처음 도검을 잃어 어찌할 줄 몰랐던 용호단원 서른 명을 제외하고, 권장지각 등의 무공을 연공했던 열 명의 용

호단원은 전부 습격했던 자에게 이렇다 할 상처 하나 주지
못하고 완패하였다.

*　　　*　　　*

장 핑은 눈앞에 벌어진 현실을 도저히 믿을 수 없었다.

그는 주름살 가득한 눈매를 손가락으로 매만지며, 눈을
씻고 다시 주변을 살펴봤지만 현실은 변하지 않았다.

맨 처음 비밀 신호를 보낸 용호단원을 보고, 범상치 않은
놈이란 건 알고 있었다.

용호단원들은 말단들을 제외하고는 모두 무공을 배운 상
태였다. 격투기 선수와 상대해도 가볍게 이길 만한 용호단
원이 열 명이나 당했다는 걸 깨닫고 장 핑은 그를 경계했
다.

그래서 아래층에는 최소한의 대기 인원을 남겨 놓고 무
려 마흔 명의 용호단원들을 동원했다. 물론 다들 하나같이
일 년 이상 무공을 연공한 자밖에 없었다.

이 정도 많은 인원이라면 장 핑은 설사 특수부대가 쳐들
어와도 이길 것이라 장담했다.

아무리 침입자가 경계할 만한 놈이라고 생각했으나, 마

흔 명의 용호단원 모두가 전투 준비를 한 걸 보고 너무 과한 게 아니었나, 하는 생각이 들 정도였다.

하지만 이후 벌어진 일은 그야말로 충격과 공포였다.

싸움이 막 벌어지자마자, 침입자는 어떤 수법인지는 모르겠지만 손에서 전기 같은 것을 뿜어서 도검을 든 서른 명을 모두 행동불능으로 만들었다.

거기까진 괜찮다. 혹시 무슨 과학병기를 사용했나 싶었다. 조금 당황해도 여전히 이길 것이라는 걸 의심하지 않았다.

하지만, 권장지각을 연공한 용호단원이 모두 한꺼번에 덤벼들었는데도 불구하고 전원이 속수무책으로 당한 걸 보고 입을 다물지 못했다.

털이란 털은 모두 쭈뼛 서고, 피부 위로 닭살이 우수수 돋았다. 식은땀이 폭포처럼 쏟아졌다.

머릿속에 천둥이 치고 전율과 공포가 온몸을 지배했다.

눈이 따라가기도 힘든 움직임, 콘크리트 바닥을 발짓 한 번으로 무너뜨리고 미국 히어로 영화에 나올 법한 괴력을 사용하는 걸 보며 꿈을 꾸고 있는 건 아닌지 싶었다.

게다가 마치 초능력이라도 쓰는 것처럼 전류가 침입자의 손에서 마음대로 뿜어 대는 걸 보면서 머릿속이 새하얗게 질리게 됐다.

'아아, 그렇구나.'

저건 인간이 아니다.

저건 괴물이 틀림없다.

아니, 어쩌면 악마일지도 모른다.

상식선을 한없이 벗어난 남자를 보고 장 펑은 싸울 의지를 잃었다. 운 좋게 행동불능인 다른 용호단원들도 공포로 새파랗게 질렸다.

'저건 그 두 사람이랑 같은 과다.'

용호단주와 용호부단주.

구주방에서 혜성처럼 나타나, 말도 안 되는 무력을 보여 줬으며 과거 고대 중국에서나 등장할 법한 상상 속의 힘. 무공이란 걸 보여 주고 직접 전수해 줬다.

저 인간은 그 정도의 레벨이라는 의미다.

"너희 때문에 산 지 별로 되지도 않은 옷이 엉망이 됐잖아."

지우는 투덜거리면서 주름이 구깃구깃 진 수준이 아니라, 용호단원의 진기가 주는 충격에 의하여 찢어진 재킷을 땅바닥에 벗어던졌다. 설상가상으로 재킷 안의 와이셔츠도 영 좋지 않은 상태다.

"구두도 엉망이 됐고……."

머리부터 발끝까지 엉망이 된 그는 체념한 기색으로 한 숨을 내쉬었다. 나름대로 돈 좀 써서 맞춘 정장이 이렇게 엉망이 되니 가슴이 아파온다.

"나머지 서른 명도 덤비려면 빨리 덤비는 게 좋을 거야."

마치 산책이라도 나온 듯, 여유롭게 웃는 지우였다.

'조금 쫄긴 했는데, 그래도 상처 하나 없이 모두 제압할 수 있었네. 게다가 한 명도 죽이지 않았어.'

벽에 처박히거나, 땅바닥에 누워 있는 용호단원 등을 슥 훑어본 지우가 만족스럽게 웃었다.

솔직히 처음엔 지우도 제법 움츠려 있었다.

이렇게 많은 숫자, 그것도 앱스토어의 상품을 전수받은 무인들과 싸워 본 적이 없어서 제법 긴장을 했다.

하지만 정신을 집중하고, 전력을 쏟아 내면서 충분히 상 대하는 수준이란 걸 알게 됐다.

아무래도 자기 자신을 비교적 과소평가했던 모양이다.

"으으으……."

"저런 놈을 어떻게……."

"인간이 아니다."

바로 앞에서 같은 용호단원 열 명이 철저하게 묵사발난

걸 목격한 그들은 모두 전의를 잃고 지우의 시선을 회피했다. 혹시라도 눈이 마주치면 어쩌나 극심하게 두려워했다.

"너무 그러지 마라. 일반인 입장에선 너희도 인간이 아니니까."

괜히 힘을 빼지 않아도 괜찮다는 생각에 기분이 좋아진 지우가 씨익 웃었다.

헛소리다.

용호단원들은 그래도 손에서 번개를 쏘거나 콘크리트 바닥을 발길질로 내려앉거나 할 수는 없다.

그들이 비록 무공을 배웠다곤 하나 겉으로는 그렇게까지 티가 나지 않는다. 거기에 비해서 정지우는 백 번 양보해도 인간이라 부르기는 힘든 감이 있다.

"……정체가 뭐냐."

장 핑은 눈앞의 괴물과 상종하고 싶지 않았지만, 어쩔 수 없이 벌어진 현실에 체념하고 물었다.

"그 질문만 오늘 대체 몇 번 듣는지 모르겠네. 하지만 난 친절하니까 그 질문에 대충이나마 말해 주지."

일단은 용호단과 완전히 척을 질 마음은 없었기 때문에, 여기까지 오게 된 것은 오해 때문이란 걸 설명했다.

물론 장 핑이 앱스토어에 대해서 모르는 눈치이니, 그냥 카지노 앞에서 주변을 구경하다가 평소에 먹던 두통약을 먹었을 뿐이라고 적당히 둘러댔다.

"그걸 나보고 믿으라는 게냐?"

장 핑이 어이없는 듯 헛웃음을 흘린다.

확실히 그 말대로 상식으로 생각해서 믿기 힘든 이야기였다. 아니, 만약 지우가 별다른 소란도 일으키지 않고 처음 물류창고에서 맞고만 있었다면 조사 끝에 정말 단순한 오해였다는 걸 알았을지도 모른다.

하지만 불과 몇 분 전까지 치고 박으면서 용호단원 열 명을 개박살낸 경악 어린 무위 때문인지 지우의 말에는 신뢰성이 없었다.

어떻게 봐도 용호단에 무언가 목적이 있는, 상식인의 범주에 벗어난 힘을 가진 남자가 느와르 영화에서나 나올 법한 불법적인 얘기를 하러 온 건 아닐까 라는 생각밖에 들지 않는다.

불신하는 장 핑의 눈을 보고 지우는 답답한 듯 가슴을 두들기며 짜증을 냈다.

"것 참, 사람 말 좀 믿으라니까. 원래 난 이렇게까지 소란 피울 생각도 없었다고. 괜찮다면 평화적인 방법으로 해결하고 싶었어."

"……."

장 펑을 포함한 용호단원들이 모두 할 말을 잃은 듯 입을 꾹 다물었다.

한국인이 아는 평화와, 중국인이 아는 평화라는 개념이 서로 다른 건 아닌가 하고 사전을 꺼내서 확인해 봐야하나 싶었다.

"그 증거로 난 네 수하들의 목숨은 빼앗지 않았어. 잘 확인하면 숨은 쉬고 있다고. 물론 몇몇은 조금 과한 손속을 두긴 했지만."

확실히 목숨은 붙어 있다.

목숨만은.

"이제부터 너한테 정보 좀 캐낼 거야. 대답하지 않는다면 어떻게 되는지는 네가 더 잘 알 거라고 생각해. 아, 그리고 괜히 허튼수작은 부리지 않는 것이 좋아. 내가 너희를 죽이지 못한 건 내가 살인을 못 해서가 아니니까."

여유 반, 장난 반이 뒤섞인 분위기를 풀며 그는 아우라를 알파에서 베타로 전환해서 주변의 공기를 먹어치웠다.

아까까지만 해도 조금 수상적인 청년이 한 조직의 우두머리처럼 범상치 않은 분위기를 냈다.

급작스럽게 변한 분위기에 장 펑은 몸을 움찔 떨곤 침을 꿀꺽 삼켰다. 주변의 용호단원들도 동요했다.

'거짓이 아니다.'

장 펑은 그 눈 속에서 난폭하고 잔인한 괴물을 봤다.

그리고 그 밖에도 구주방에 속하여 밑바닥 인생을 산 자들과 별반 다를 것 없다는 심정도 엿보았다.

이득을 위해서라면 어떠한 범죄 행위라고 해도 거리낌 없이 할 배포. 단순히 힘만 쎄고 어수룩한 아이라는 인식이 흔적도 없이 사라졌다.

"단도직입적으로 묻지. 용호단에 무공을 전수한 장본인은 용호단주 혹은 용호부단주인가?"

"……말할 수 없다."

"대답하지 않는다면 어떻게 되는지 굳이 보여 줘야하나?"

꽉 쥔 주먹의 손가락을 엇갈리며 빠드득하고 섬뜩한 뼈 소리를 냈다. 얼음장처럼 차갑고 무자비한 동공에선 몸이 떨릴 만한 살의가 뿜어져 나왔다.

그 살의에 꼼짝 없이 묶인 장 펑은 몸을 덜덜 떨면서도 물러서지 않고 의견을 꺼냈다.

"네가 마음만 먹으면 우리를 마음대로 죽일 수 있다는 건 안다. 허나 네가 아무리 강해봤자 그분들과 비교하면 발톱 때보다도 못하다."

'그분들? 그렇다면 전수자는 하나가 아니라 다수인가. 한 사람이라면 모를까, 다수의 인원 모두가 중국 고객이라면 성가신 수준만으로 끝나지는 않을 텐데.'

중국 고객에 대한 경계심이 한층 더 상승했다.

어쩌면 그들은 강태구보다 더 위험할지도 모른다.

한 사람이라면 어떻게 할 수 있을지도 있겠다는 생각한 그는, 어쩌면 동맹 관계일지도 모른다는 중국 고객들의 작은 정보에 속으로 침음을 흘렸다.

"……이번 건 추궁해도 별 소득이 없겠지만 별로 상관은 없어. 아까 고문한 용호단원에 의하면 네 위에는 단주와 부단주밖에 없다고 했으니까. 그들이 전수자면 좋고, 아니라면 잡아서 똑같은 방법으로 고문하면 그만이지."

"……마음대로 해라."

장 펑은 설사 팔다리가 하나 없어져도 전수자에 대한 비밀을 끝까지 지킬 생각이었다. 딱히 조직 간에 비밀을 지켜야 한다는 의리나 의협심 때문은 아니다.

직접 두 눈으로 본 괴물이 앞에 있는데도, 무언가를 두려워하고 있는 걸 보면 딱 봐도 각이 나온다.

한 사람도 아니고, 용호단원 전원이 그런 눈빛을 보이니 그들에게 정보를 캐내기에는 조금 무리가 있을 싶다.

'이 녀석도 그렇고 아는 바가 그다지 없군. 그렇다고 여기서 물러날 수는 없어.'

목격자 전원을 남겨둔다면 금방 용호단주와 용호부단주에게 보고가 올라갈 것은 당연한 일이다.

만약 그렇게 되면 오늘 일을 알게 된 중국 고객은 수하를 건든 침입자가 앱스토어의 고객이란 걸 알아채고 백이면 백 적의를 지니고 침입자 본인과 대화는커녕 싸움을 걸어올 건 뻔한 일이었다.

지우 본인이라도 사업장에서 싸움이 일어나고, 수하들을 모두 때려눕힌 자가 앱스토어의 고객이란 걸 듣게 되면 경계고 이야기고 자시고 할 것도 없다.

고민하지 않고 전쟁 준비를 하고 전력을 다해 습격자를 찾아내서 어떻게든 족쳐야한다.

알다시피 앱스토어의 고객들은 개인적인 연이 없다 하여도 존재에 대해서 아는 것만으로 경계심을 갖는다.

혹시 타 고객이 싸움을 걸어와서 보유하고 있는 재산이나 앱스토어의 상품을 강도질하는 건 아닌가 하는 생각이 들어서다.

그 외에도 앱스토어에 대한 전지전능한 힘을 알고 있기

에 같은 경쟁자가 있다면, 당연히 눈에 걸리는 법이다.

일반적인 사람들은 고객에게 제대로 된 피해를 줄 수 없다. 물리적으로도 사회적으로 그건 무척 힘들다.

그러나 같은 고객이면 이야기가 달라진다. 그들은 자신과 같이 기적 같은 힘을 보유하고 있다.

그런 성가신 상황을 만들지 않기 위해, 차라리 사고가 터지기 전 마음 편히 죽이거나 혹은 힘이 서로 비슷해 동맹을 맺는 편이 괜찮을 거라 생각한다.

어쨌거나 이런 상황에서 잠시 자리를 비운 사이, 사업장에서 앱스토어의 무공까지 전수한 수하들 모두를 때려눕히고 사라졌다면 굳이 생각할 필요도 없다.

상대가 뭐건 간에 일단 죽지 않기 위해서 싸우려 한다.

지우도 그 마음을 알고 있기에 여기서 그냥 물러날 수 없었다. 어떻게서든 중국 고객들과 접선해야만 한다.

'나에 대해서 알고 있다면, 당연히 가족들을 포함하여 주변 사람들이 위험하다. 앱스토어의 고객이라면 내 주변 사람들에 대해 조사하고, 접근하는 건 아주 쉬운 일이다. 특히 구주방이라는 범죄 조직의 간부라면 더더욱.'

백고천이나 양추선, 그리고 김효준 등의 이 세 사람은 대부분 첫 만남이 접선이었고 만나자마자 곧장 목숨을 걸고 싸워서 승리했다. 백고천이야 경험이 부족하고, 정신이 약해서 경찰에 넘기는 걸로 끝내지만 어쨌거나 그래도 행동에 제한을 걸어뒀다.

그러나 지금은 전혀 아니다.

만나 본 적도 없으며, 인원이 정확히 몇 명인지 또 신분은 무엇인지, 심지어 정말 중국인인지 의문이 들 정도다.

'라미아에게 찾아가서 정보를 구입한다 하여도, 구주방의 간부라면 나보다 더 돈이 많겠지. 그렇다면 정보를 사려도 제한이 걸린다. 그 둘은 나보다 우위. 그렇다면 내가 굽히더라도 웬만하면 대화를 통해 협상을 해야 해.'

어째 치트와 같은 상품을 구입할 수 있는 권능을 가졌는데도 제약이 많다. 게임으로 치자면 여러 가지 특전을 가졌지만 보스 몬스터는 그보다 더 강하고 난이도도 하드한 느낌이다.

'협상에 성공할 확률이 낮다고 해도 어떻게든 접촉해야 한다. 최악의 경우, 그 둘을 죽여서라도 내 주변 사람들에게 접근하는 걸 막아야한다. 무조건!'

상황은 최악.

그렇다고 포기할 생각은 없다.

여태껏 그래왔다.

집안 사정이 좋지 않아도, 사회가 엿 같고 자신의 상황이 좋지 않아도 어떻게든 살기 위해서 아등바등 발버둥 쳐왔다.

그건 앱스토어를 알게 된 이후로도 마찬가지다.

돈을 잘 벌다가 처음으로 다가온 폭력이라는 이름의 청룡회도, 그리고 힘이 약했을 때 구속된 백왕교에서도, 그리고 김수진을 협박한 양추선 등 상황은 결코 좋다고 말할 수 없었다.

그렇지만 가족과 주변 사람들을 지키겠다는 일념과 빌어먹을 과거로 돌아가지 않겠다는 끈기로 버텨왔다.

단지, 이번엔 좀 더 난이도가 높을 뿐이다.

지킬 것이 있고, 지킬 사람이 있는 이상.

머리를 숙이고 손바닥을 비벼도, 상대의 눈치를 보고 살인이라는 극단적인 방법이건 뭐건 수단 방법을 가리지 않고 살아남아야 한다.

힘이 강하다고 이기는 것이 아니다.

살아남는 것이 이기는 것이다.

"너에게 요구할 것이 있다. 듣지 않는다면 죽인다."

"……말해라."

장 핑은 한풀 꺾인 목소리로 말했다.

"단주건 부단주건 간에 내가 이번 일에 휘말린 경위에 대해서 오해라는 걸 자세하게 설명해. 믿지 않는다면 영상 자료를 말해도 좋아. 그리고 이쪽에서 딱히 적대하는 것도 아니라고 전해 줘."

어차피 어떤 수를 써서라도 정체를 숨길 수 없다면, 차라리 이렇게 대놓고 공개하여 조금이라도 신뢰를 끌어내는 것이 낫다고 판단했다.

"끝인가?"

"아니. 용호단이 제주도의 상권을 모두 먹어치우고, 월권을 행하건 말건 관심도 없다고 전해라. 골드 그랜드 카지노에 피해를 입힐 생각도 없어. 여기까지 온 건 정말 우연에 불과하니까."

최근, 대한민국 사회에선 제주도가 점점 중국 땅이 된다는 소문이 퍼졌다. 그게 진실인지 아닌지 지우는 조금도 관심 없다.

제주도에 살아서 피해를 입었으면 모를까, 그게 아니라면 솔직히 상관할 바가 아니라 생각한다.

가족과 대한민국 경제를 저울질하면 당연히 전자다.

굳이 비교할 것도 없다.

비교하는 것 자체가 가족에 대한 모욕이다.

어차피 제주도에 로드 카페와 로드 버거 분점을 낸 것도 사업 확장의 한부분일 뿐이다. 구주방 간부 출신의 중국 고객과 척을 지면서 무리하게 사업을 확장하는 것보다 차라리 제주도에서 사업을 접는 게 좋다.

딱히 카지노 사업에 뛰어들 생각 자체도 없다. 도박엔 약간의 호기심은 있어도 거기까지다. 매달릴 정도로의 관심은 없다.

그래서 최대한 호의를 끌기 위해서 자존심 팔아가며 굽혀가는 행동까지 했다.

중국 고객이 관심을 가지고 있는 사업체에 방해를 하지 않겠다는 선언을 다했다.

"마지막으로."

그렇다고 지우의 행동이 옳다는 것은 아니었다. 도리어 욕설이 뒤섞인 비난을 받아도 전혀 이상하지 않다.

지우도 그걸 모르는 건 아니다.

일단 구주방은 국제 범죄 조직이다. 범죄는 어떠한 사정이 있건 합리화 할 수 없다.

용호단이 하는 일 중 대표적인 것이 도박과 마약밀매만 봐도 알 수 있다. 이건 대한민국 사회에 안 좋은 영향을 끼치고 많은 사람들의 인생을 망친다.

따지고 보면 지우는 그 행위를 방관하는 것이나 마찬가지였다.

"괜찮다면 제주도에서 한 번 얼굴 좀 보자고 그래. 몇 가지 할 이야기가 있다고."

제12장

상하이에서 찾아온 손님

　중국, 상하이(上海)

　성(省)급 행정 단위에 맞먹는 대도시로서 중국의 수도 베이징(北京)을 포함하여 톈진(天津), 충칭(重慶)과 함께 중국에서 4대 직할시라 불린다.

　특히 상하이는 이 중에서도 정치 중심지인 베이징과 더불어서 경제의 상하이라고 불리며 중국 안에서 투톱 ― 라이벌 관계에 있을 만큼 그 규모가 대단하다.

　거주 인구는 약 2,300만. 전체 행정구역의 면적만 봐도 무려 서울의 10배에 달하는 크기다.

그중 황푸(黃浦) 구(区)라 하여, 세계에서도 인구 밀도가 가장 높은 지역 중 하나로 꼽히는 시할구가 있다.

이 황푸에서도 현지인을 비롯하여 관광객에게 제법 알려진 장소가 있는데, 바로 상하이 런민광장(上海人民廣場)이다.

상하이 런민광장은 본래 경마장이 있던 곳을 재건하여 행정, 문화, 교통, 상업을 일체화시킨 광장이다.

광장을 중심으로 북쪽에는 시정부 건물이, 서북쪽에는 관광객에게 가이드 코스로 익숙한 상하이대극원(上海大戲院)이 나온다.

계속해서 남쪽으로는 상하이 박물관(上海博物館), 그리고 동북쪽에 상하이 도시건설전시관(上海城市建設展覽館)과 지하철 상하이 런민광장역이 있다.

덕분에 상하이 런민광장은 상하이의 중심지에 적합한 구역이면서, 도시 발달의 상징으로 유명하다.

그러나 런민광장은 해가 지고 하늘이 어둑어둑해지면 조금 돌아다니기에 부적절한 동네로 탈바꿈하게 된다.

낮에는 많은 관광객이 돌아다녀도 그럭저럭 나쁘지 않은 동네이긴 하나, 밤만 되면 소매치기나 사기꾼 등이 출몰한다.

많은 인구가 있는 경제도시의 중심지인 만큼, 선한 인간도 있는 방면 질이 좋지 않은 인간도 상당한 숫자가 있다.

특히 런민광장은 유흥의 메카로도 유명하다. 특히 내국인이건 외국인이건 간에 남자라면 불법 성매매 업소를 소개시켜주는 호객꾼들이 거리에 굉장히 많았다.

그래서인지 그런 쪽으로 전문적이지 않는 가이드는 대부분 웬만하면 괜히 혼자서 모험을 하지 말라고 한다.

하지만 종종 그 의견을 무시하는 바보이거나, 혹은 그 경고에도 불구하고 성욕을 참지 못하는 사람이 있긴 하다.

가이드는 그런 사람들을 위해서 몇 가지 말을 덧붙이는데, 그 말에 들은 사람들은 대부분 정신을 차리곤 한다.

"상하이의 뒤를 지배하는 건 구주방입니다. 중국에 조금이라도 관심 갖고 오셨으면 이름은 들어보셨겠죠. 관광객한두 사람 정도는 증거 하나 남김없이 사라지게 만들 수 있는 지독한 놈들입니다. 그들에게 끌려가면 어떻게 해드릴 수 없습니다. 공안들도 수십 년 동안 골치 아파한 범죄 조직이라고요. 밤거리에 나간다고 무작정 죽는 건 아니지만, 그만큼 조심하라고 경고하는 겁니다."

*   *   *

올해로 마흔 일곱이 된 류즈펑은 중국인들에게 그야말로 공포 그 자체이며, 중국 최상위 행정기관으로서 막강한 권력을 자랑하는 공안(公安:중국의 경찰)이다.

계급 또한 우리나라로 치자면 총경에 속하는 3급경감(三級警監)으로서, 나름대로 권력 있는 관료 취급을 받아 주변에서 부러움과 존경을 받는다.

그러나 정작 류즈펑 본인은 솔직히 말해서 딱히 존경을 받을 정도로 위인은 아니다.

"이, 이거면 된 거요? 그리고 비밀유지는 잘 되고 있소?"

린민광장 주변은 관광지인 만큼 수많은 상가 건물이 나열되어 있다. 그 업종은 주로 배를 채워 줄 중식당이며, 내국인들도 오는 지역이기에 양식이나 일식집 또한 있다.

그래도 역시 외국인 관광객이 상당한지라 중식당이 많은데, 관광객 입장에선 솔직히 어딜 가야할지 곤란할 정도였다.

류즈펑은 그 많은 중식당 중에서도 좁은 골목길을 지나서 화려한 네온사인에 뒤섞인 술집 간판 사이에 껴있는 작은 중식당 안에서 모종의 거래를 하고 있었다.

"항상 애용해 줘서 고마워요. 류즈펑 당신 덕분에 항상 불시검문이나 공안의 조사 등을 피할 수 있어요."

중식당은 좁은 골목길에 숨어 있는 것 치곤, 내부 인테리어는 상당히 호화스러운 편이었다.

금실이 박힌 붉은색 벽지는 나름대로 고풍스러운 디자인이었으며, 건물 내벽 자체도 새것인 듯 반짝거린다. 부엌의 환기도 잘한 듯, 식당인데도 불구하고 음식 냄새가 잘 나지 않았다.

새하얀 천이 뒤덮인 원형 탁자 위에는 중국 팔대 요리만큼은 아니지만, 그래도 경제도시인 만큼 명성에 따라 그럭저럭 인지도 있는 음식이 올라와 있었다.

다진 고기를 소맥분의 껍질로 싸서 찜통에 찐 딤섬(點心)인 샤오롱바오(小笼包)가 제일 먼저 눈에 띈다.

그다음으로 중앙에는 상하이 다자셰(上海大閘蟹)라 하여, 상하이 대표 요리라 하는 게 요리가 올라와 있다.

양념 없이 그대로 쪄서 먹는 친쩡씨에(蒸青蟹)와 파, 생강 등과 함께 볶아 만드는 충자오씨에(蔥炒闸蟹)가 먹음직스럽게 몸체를 자랑하고 있다.

그 외에도 예로부터 어미지향(魚米之鄉)이라 불렸던 상하이인 만큼, 온갖 어패류와 농산물이 푸짐하게 있으며 근처

장쑤(江蘇)에서 조달해 온 향기가 진한 백주, 양하대곡(洋河大曲)이란 명품 술이 함께하고 있었다.

"물건을 넘겼으니 약속한 돈을 주시오, 어서."

류즈펑은 무엇이 그리 초조한지 주변을 둘러보면서 목소리를 높였는데, 전혀 이상한 모습은 아니었다.

아무리 중국 본토에서 무시무시할 정도로의 권력을 휘두르는 공안이라 하여도 구주방과 불법적인 거래를 한 건 결코 용서할 수 없는 일이다.

중국 정부와 공안 등은 예전부터 구주방과 질긴 전쟁을 해 왔다. 그만큼 이 둘은 서로 이를 가는 관계다.

다만 가끔씩 중국 정부나 공안에서 정신 나간 놈들이 간간이 나오긴 하는데, 바로 구주방에게 돈을 받아 가끔씩 범죄를 눈감아주거나 주요 정보를 팔아넘기는 이들이다.

류즈펑이 바로 그런 부류이다.

"어머, 그러지 마시고 술 한 잔 하시고 가세요. 특히 이 셰펀샤오롱(蟹粉小笼:게살로 만든 샤오롱바오)이 별미랍니다."

연신 눈알을 굴려대며 불안한 모습을 보이고 있는 류즈펑과 달리, 맞은편에 앉은 거래 상대는 입가에 얇은 호선을 그려놓고 숟가락 위에 셰펀샤오롱을 올려두었다.

"우, 웃기지 마시오. 허튼수작 하지 마시고 빨리 약속한 돈이나 내놓으시오."

"성질도 참 급하시네요. 잠시만요, 물건 좀 확인하고요."

이상하게도 조명에 가려진 구주방도의 얼굴은 보이지 않았지만, 목소리나 말투를 듣자 하니 여성은 분명하였다.

그녀는 류즈펑에게서 건네받은 USB를 노트북을 들고 옆에 서 있던 다른 구주방도에게 넘겼다.

얼마 지나지 않아 노트북을 든 구주방도가 문제없다는 듯, 머리를 끄덕였다. 그걸 본 여성은 머리를 반대로 돌려 구석에 있던 다른 구주방도에게 눈짓을 보냈다.

"류즈펑 씨 덕분에 이번에도 공안의 눈을 회피할 수 있게 됐네요. 그렇지 않아도 얼마 전에 수사가 강화된다는 소식에 어째야 하나 하고 골치가 아팠거든요."

구주방도가 아타셰 케이스를 열어서 류즈펑에게 확인시켜주었다. 안에든 금액을 본 류즈펑의 눈이 탐욕과 환희로 물들며 반짝반짝 빛났다.

옆에서 그녀가 무어라 말했지만, 류즈펑은 전혀 듣지 않는 눈치였다.

"그, 그럼 난 가 봐도 되겠소?"

"이런, 류즈펑 씨를 위해서 이렇게 먹을 음식을 준비했는데요. 그러지 마시고 좀 더 드시고 가시는 건 어떤지요?"

"난 됐소! 애초에 배고프지도 않다고!"

류즈펑은 약간 신경질을 내면서, 구주방도가 들고 있던 돈 가방을 닫고 얼른 자신의 품 안에 않았다.

그 예의 없는 모습에 몇몇 구주방도가 눈을 가늘게 뜨면서 손을 움찔하고 떨었지만, 여성이 눈짓을 보내자 진정하였다.

"그러면 어쩔 수 없죠. 그럼 조심히 들어가세요."

"하하하! 좋은 거래였소!"

목숨도 무사하고, 원하던 돈도 얻어서 그랬을까. 류즈펑은 만족스러운 웃음을 흘리면서 식당 바깥으로 나갔다.

다만 돈 때문에 류즈펑은 한 가지 간과해 버린 것이 있었다. 거래가 끝난 뒤, 여성은 항상 '다음에도 좋은 거래를 하도록 기대할게요.' 라는 말을 덧붙였다.

한두 번이 아니고 정기적으로 항상 따라붙는 말이었기에, 만약 초조한 상태가 아니었다면 류즈펑은 무언가 이상함을 느꼈을 것이다.

한편, 류즈펑이 나간 식당 내부는 적막할 정도로 고요했다. 제일 먼저 그 고요함을 깬 건 여성이었다.

"이겨도 지고, 져도 지고, 이겨도 당하고, 져도 당하는 게 도박인데 말이죠. 저 자리까지 간 양반인데도 왜 그런 걸 하는 걸까. 그것 때문에 결국 우리에게까지 오고……사람 인생이란 게 참 뭘까 하는 생각이 드네요."

류즈펑은 원래 건실했던 공안이었으나, 몇 년 전 호기심으로 한 도박으로 인해 지금 벼랑 끝까지 내몰렸다.

전 재산을 잃은 것은 물론이고 결국 구주방 산하에 있는 대부업체를 이용하였다.

결국 빌린 돈까지 도박으로 날림으로, 결국 공안된 이후로 철저히 원수로 지낸 구주방에게 직접 찾아가서 불시 검문 계획이나 혹은 장소나 시간 등의 작전까지도 돈을 받고 팔게 됐다.

"단주님. 어떻게 합니까?"

구주방도, 아니 용호단원이 조심스레 물었다.

"예전과 달리 류즈펑의 모습이 변했네요. 우리를 업신여기고, 공안으로서 여유까지 부리던 그가 지금은 와서 마약 중독자처럼 비정상적인 모습을 보이고 있죠. 게다가 술에 환장하는 인간이 술을 마다하다니."

여성은 재미있다는 듯이 후후, 하고 어둠 속에서 섬뜩하게 웃었다.

"슬슬 공안에서도 류즈펑을 의심하는 모양이네요. 게다

가 이미 공안에 대한 정보는 상당히 받았으니 류즈펑은 더 이상 쓸모도 없습니다. 슬슬 꼬리를 쳐낼 시간이군요."

"방금 준 돈을 회수하고 처리합니까?"

"아뇨, 류즈펑이 도박으로 모든 걸 잃은 뒤에 삶을 비관하고 자살한 것처럼 꾸미도록 하세요. 저 멍청이가 우리 외에도 여러 곳에서 돈을 빌린 덕분에 뒤를 밟힐 걱정은 하지 않아도 되니까요."

"알겠습니다."

"류즈펑도 참 안타깝네요. 지금까지 건넨 정보의 몫으로 나름대로 최후의 만찬도 준비했는데 말이죠."

여성은 후후, 하고 웃으면서 젓가락을 들어서 식탁 위에 살점이 사라진 생선을 뒤집었다.

한국에서는 별 의미 없는 행위지만, 중국에서는 생선을 뒤집는 걸 배신한다는 의미한다.

"자오웨. 전화다."

식사를 막 시작하려던 자오웨의 뒤에서 침묵을 고수하며 서 있던 장신의 남자가 날이 선 목소리로 말을 걸었다.

만약 그가 다른 사람이었다면, 감히 용호단주의 식사를 방해한다며 차디찬 강 속에 던져졌겠지만 그는 용호단의 이인자인 부단주였기에 아무도 뭐라 하지 않았다.

"칭후(靑虎). 맛있는 음식을 식히는 건 죄악이에요."

"중대한 일이다."

칭후가 액정이 은은하게 빛나는 스마트폰을 건넸다. 눈썹 하나 까딱하지 않은 그의 얼굴을 본 자오웨는 무언가 감지했는지 여유를 지우고 스마트폰을 받았다.

"용호단주입니다. 지금 식사 도중 방해를 받아서 기분이 매우 좋지 않으니 별일이 아니라면 머리를 잘라서 탁구할 거니까 각오하시는 게 좋을 거예요."

자오웨는 스마트폰을 쥐고 상대방의 목소리에 집중했다.

그녀는 통화 상대에게 별다른 질문을 하지 않았다. 그저 일방적으로 들으면서 간간이 머리를 끄덕이면서 '응.' 하고 짧게 답하였다.

약 십여 분 정도 지났을까, 자오웨가 그렇게 아까워하던 음식도 죄다 차갑게 식을 때 즈음 그녀가 전화를 끊었다.

"초혜(草鞋)."

"예."

아까 노트북을 들고 있던 용호단원이 재빨리 답했다. 초혜란 그의 이름이 아니고, 조직원들 간의 연락 업무를 담당하는 계급이기도 하다.

"용호단원 모두에게 당분간 되도록 소란 피우지 말라고

해. 어쩌면 중국에서 꽤 오랫동안 나가 있어야 할지도 모르니까. 정 중요한 일이 있다면 전화해서 명령을 받도록 하고. 만약 지키지 않는다면 손가락 한두 개로 끝나지 않는다고도 덧붙여서 전하렴."

"아, 알겠습니다."

자호웨의 명령을 받은 초혜는 공포에 떨었다.

일반인뿐만 아니라, 같은 구주방 내에서도 공포의 대명사로 알려진 용호단의 초혜가 이렇게 겁먹은 표정을 짓는 것은 보기 힘든 일이다.

그러나 겁을 먹은 건 초혜뿐만이 아니었다. 부단주인 칭후를 제외하고 다른 용호단원 모두 몸을 바르르 떨었다.

자오웨는 평소에 어떠한 일이 있건 경어를 유지한다. 기분이 나쁠 때도 마찬가지다.

그러나, 어떤 기준인지는 모르지만 경어를 풀 때는 항상 무시무시한 일이 벌어지곤 했다.

용호단원들은 앞으로 무슨 일이 벌어질지 감히 상상하기도 두려워했다.

*　　　*　　　*

지우가 원래 제주도에 온 것은 새로 오픈한 로드 버거와 로드 카페의 행사에 참여하기 위해서였다.

그러나 중국 고객이라는 최악의 사태가 벌어짐으로서 어쩔 수 없이 제주점에 전화하여 방문하지 못한다고 전해야만 했다. 다행히 손님들이 딱히 지우가 오는 걸 기대하는 것도 아니었기에, 가벼운 느낌으로 넘길 수 있었다.

이후, 지우는 골드 그랜드 호텔에서 바깥으로 나가지 않았다. 중국 고객이 언제 찾아올지 몰라서다.

그래서 대부분 하루 종일 방 안에서나, 혹은 식당 등의 휴식처에서 시간을 보냈다.

"여보세요, 박 사장님 접니다. 다른 게 아니라 부탁 하나 하려고 하는데요."

또한 지우는 박영만에게 전화를 걸어서 몰래 가족들의 경호를 부탁하였다. 물론 가족들이 무슨 불안감을 느끼지 않도록, 비밀로 경호해달라는 말을 덧붙였다.

중국 고객이 혹시 몰라 용호단원에게 시켜 가족들에게 먼저 접근할 수 있다는 불안감 때문이었다.

박영만은 사설 경호원 업체에게 부탁하여, 가족들의 직장이나 자택 등을 비롯하여 하루 내내 몰래 붙게 만들어 경호하겠다고 답하였다.

'……싸우지 않는 게 제일이지만, 그렇지 않을 경우를 대비해야겠지?'

호텔 측에서 준비한 라운지(lounge)에서 홀로 앉아 커피를 마시던 그는 생각에 잠겼다.

참고로 이 라운지의 경우, 카지노에서 용호단원과 한 판 싸우고 이튿날 쉬러 가려고 할 때 호텔에서 지우를 귀찮게 대접해 주면서 준비해 준 장소이다.

들은 바에 의하면 국빈이나 재벌, 혹은 이름만 들어도 알 만한 연예인 등을 위해서 준비한 곳이라 하는데 지우는 이곳을 오롯이 혼자서 모두 사용할 수 있었다.

듣자 하니 장 펑이 용호단주에게 자신을 대접하라는 말이 있어서 이렇게 했다는데, 나쁘지 않은 기분이라 지우는 이왕 이렇게 된 거 즐기기로 했다.

출입구 쪽에서 권장지각을 썼던 용호단원에 비해 비교적 멀쩡한 이들이 경비를 서고 있었지만 크게 신경 쓰이지는 않아서 그냥 두었다.

"저어, 지우 씨?"

여러 가지를 생각하고 있을 무렵, 그를 깨우는 목소리가 있었다.

"앗, 네. 한소라 씨."

참고로 한소라의 경우, 지우가 장 핑에게 부탁하여 라운지에 올 수 있도록 하게 해 줬다. 그 덕분이 한소라 만큼은 라운지에 들어오는 것이 허가되어 있었다.

　용호단원들도 그녀의 얼굴을 외웠는지 그녀가 오면 군말하지 않고 비켜주거나 혹은 다른 잔심부름을 들어주기도 하였다.

　"한소라 씨라니, 슬슬 소라 씨라 불러 주지 않겠어요? 너무 남 같은데요."

　그래도 한소라는 지우와 친해지고 싶을 생각이 있었는지, 쓰게 웃으면서 지우에게 섭섭하다는 뉘앙스를 풍겼다.

　"하하하, 죄송해요. 저도 모르게 그만."

　지우에게 있어 한소라는 솔직히 부담스럽다.

　자신과 전혀 다른 세계에서 살아온 사람 같기도 하고, 분점의 목숨이 그녀의 손에 들려 있으니 함부로 대할 수가 없었다. 게다가 리즈 스멜트의 회장 한도공의 손녀여서 혹시라도 무슨 실수라도 할까 봐 덜덜 떨었다.

　"앞에 앉아도 괜찮을까요?"

　"네, 그럼요. 앉으세요."

　지우는 맞은편 의자에 앉으라는 제스처를 취했다. 그러곤 주변을 힐끗 돌려보면서 한소라에게 물었다.

"혹시 뭐 마실 거라도 필요하신가요? 말씀만 해 주시면 저기 인상 더럽게 생긴 형씨들이 가져다줄 거예요."

멀찍이 떨어져 있던 용호단원들이 얼굴을 일그러뜨렸다.

제법 거리가 멀었지만, 그들은 무공을 익힌 덕분에 신체 능력이 정상인에 비해 비정상적으로 발달되어 있다. 내공을 청각에 집중한다면 이 정도 거리에서 이야기를 엿듣는 것은 어려운 일이 아니었다.

용호단원들은 천하의 구주방 전투 부대로 알려진 용호단원으로서 자부심이 있는 편이다. 그런 자신들을 종업원마냥 부린다는 것이 마음에 들지 않았다.

"괜찮아요. 그러실 필요 없어요."

살벌한 기세를 내뿜는 용호단원을 보고 한소라가 쓴웃음을 지은 채로 손사래를 쳤다.

그러곤 무언가 할 말이 있는지, 지우를 힐끔힐끔 쳐다보면서 눈치를 봤다.

"궁금하신 거죠?"

"네, 아무래도요."

한소라 입장에서는 지우에게 무슨 일이 있었는지 매우 신경 쓰였다.

이런 말하기 뭐하지만, 지우가 최근 국내에서 유명해지

긴 했다고 해도 골드 그랜드 호텔 측에서 이런 대접을 받을 정도는 되지 않는다.

한소라 본인도 깜짝 놀랄 정도로의 금액을 호텔 측에 제시하여 라운지 전체를 빌리겠다고 말하지 않는 이상 이런 호사를 누릴 수는 없었다.

그렇다면 골드 그랜드 호텔 경영진과 개인적인 친분이 있다는 의미인데, 그녀는 그게 무척이나 신경 쓰였다.

그래서 방 안에서 어떻게 하면 지우와 자연스레 친해져야할까 라는 고민을 포기하고, 용기를 내서 이 자리에 나왔다.

"지우 씨. 단도직입적으로 여쭤볼게요."

한소라는 감시를 맡고 있는 용호단원들의 시선을 신경 쓰는지 목소리를 줄여 물었다. 그 표정은 무척이나 무겁고 진중하였다.

"혹시 구주방과 무슨 관계라도 있으신가요?"

"역시 알고 계셨군요."

지우는 예상했다는 듯, 뒤통수를 긁적였다.

한소라는 진지한 얼굴로 머리를 한 차례 끄덕였다.

"구주방은 중국 경제에서도 상당한 영향력을 지니고 있으니까요. 업무 관련으로 중국에 갔을 때 알게 됐어요. 회장님과 부회장님에게도 조심하라는 말도 몇 번 들었고요."

구주방은 단순한 범죄조직에서 끝나지 않는다. 그들은 이미 중국 양지에서도 이빨을 드러내며 위협을 주고 있다.

리즈 스멜트 또한 중국으로 사업 확장하며 약간이나마 충돌한 적도 있었다.

애초에 한도공과 그 가족들, 그리고 리즈 스멜트 주요 임원들이 자주 찾는 곳인 만큼 골드 그랜드 호텔에 대해서도 자세히 알고 있었다. 당연히 그 뒤에 구주방이 있는 것을 모를 리 없다.

"게다가 이곳의 라운지를 지우 씨 혼자가 전세 냈다는 말에 몇몇 고위 인물들이 지우 씨에 대하여 무척 궁금하고 있어요. 특히 출입이 제한돼서, 다들 과연 누굴까 하고 호기심 어린 눈으로 쳐다보고 있는 중이죠."

"알려지지 않아서 천만다행이네요. 양로원으로 겨우 쌓아 올린 이미지가 무너지면 어쩌나 싶었는데."

장 핑이 라운지 전체를 내준 것을 받아들인 것도 프라이버시를 철저히 보호해 주기 때문이다.

괜한 모험을 하면 좋지는 않지만, 그래도 웬만하면 호의적인 관계로 나아가야하는 중국 고객의 대접이기에 거절하지 않았다.

"구주방은 굉장히 위험한 단체예요. 자세히는 알지 못하지만 이 호텔의 오너 또한 굉장한 위험인물로 알려져 있고요. 만약 위협을 받고 있다면 도움을 요청하세요."

한소라는 지우를 진심으로 걱정하였다.

그녀가 이렇게까지 경계심과 불안심을 갖는 것도 이상한 일은 아니었다. 구주방의 악명이 너무 자자한 탓이다.

"소라 씨."

한소라의 걱정 어린 소리를 듣고 지우가 부드럽게 웃었다.

"걱정해 줘서 고마워요. 하지만, 딱히 위협을 받는 건 아니니까 너무 걱정하지 않으셔도 괜찮습니다."

사실 용호단이 중국 고객과 밀접하게 관련되어 있다는 걸 알고, 밤잠을 이루지 못할 정도로 신경이 쓰였지만 괜히 한소라에게 걱정을 끼치고 싶진 않았다.

'착한 사람이야.'

지우는 그녀의 걱정에 무척 고마워했다.

한소라의 걱정은 빈말이 아니었다. 그녀의 감정이 확연하게 느껴질 정도였다.

그는 기본적으로 자신에게 호의를 주는 사람을 마다하지 않는다. 상대가 호의를 주는 만큼, 되돌려준다.

그래서인지 이렇게까지 자신을 생각해 주고 걱정해 주는 한소라를 괜히 불안하게 만들고 싶지 않았다. 가족들이나 하나밖에 없는 친구인 김수진처럼 걱정시키고 싶지 않다는 마음과 같았다.

"이렇게까지 신경 써 주시다니, 든든하네요. 소라 씨가 너무 멋있어서 하마터면 지켜달라고 할 뻔했습니다."

지우가 시답잖은 농담을 하며 껄껄 웃어 댔다.

그 말에 한소라는 그제야 긴장이 풀린 듯, 양 뺨을 붉혔다. 뿔테 안경에 가려진 눈동자에서 동요가 일어난 듯 미미하게 흔들렸다.

"뭐, 뭘요. 지우 씨는 왠지 모르게 가만 두면 당할 것 같은 인상이란 말이에요."

"지금 저보고 호구같이 생겼다고 말씀하신 것 같은데요."

"후후후……멋있다거나 지켜달라고 하는 건 여자에게 할 말이 아니에요. 그래도 그렇게 말하시니 왠지 모르게 보살펴 주고 싶네요."

"어라, 지금 혼자 두면 아무것도 못 하고 쓸모가 없는 인간쓰레기라고 욕한 것 같으신데요. 혹시 제 말 들리시나요?"

"그러고 보니 최근 지우 씨는 바빠지기도 했으니, 일정을 관리해 주는 것도……."

뿔테 안경을 손가락으로 올리며, 왠지 모르게 비서처럼 일정 계획을 짜며 중얼거리는 한소라였다.

"음, 완전히 다른 세상에 빠져드셨……."

그런 한소라를 보면서 헛웃음을 흘리려던 지우는 말을 뚝 끊고 눈을 가늘게 떴다. 온몸에 힘이 꽈악 들어가고, 머릿속은 감정을 밀어내고 이성을 불러왔다.

트랜센더스로 인한 초인적인 감각이 활짝 개화하여 주변을 슥 훑는다. 적신호가 앵앵하고 울어 댔다.

라운지에 찾아온 또 다른 손님의 등장에 지우는 머리를 옆으로 천천히 돌렸다. 그 시선 끝에는 두 눈에 확연하게 뜨는 미남미녀가 느긋한 발걸음으로 다가오고 있었다.

그 둘을 본 지우는 직감적으로 생각하였다.

'용호단주와 용호부단주!'

저 옆에 경호 서고 있는 용호단원들과는 비교를 하는 것이 모욕적이라 할 정도로 다른 분위기를 풍기고 있다.

물론 좋은 쪽이 아니라, 나쁜 쪽이다.

과거 양추선과의 첫 만남 때처럼, 온몸의 감각이 비명을 지르면서 잔뜩 경계하고 있다. 털은 쭈뼛 서고 피부 위에는 닭살이 돋았다.

'드디어 우두머리 두 놈이 얼굴을 보였구나. 다만 둘 다 무언가 범상치 않은 힘을 지니고 있는 것 같아 문제란 말이지.'

지우는 잘 벼린 칼날처럼 눈을 예리하게 뜨고 단주와 부단주를 꼼꼼히 살펴보았다.

밤하늘을 연상시키는 검은색 머리칼은 양 쪽으로 둥글게 말아 올렸다. 대중매체에서 중국 여성을 보면 떠오르는, 흔히 말하는 만두 머리였다.

얼굴형은 길쭉하지도, 옆으로 퍼지지도 않았다. 여성답게 턱 선이 갸름하다. 그 안에 자리 잡은 이목구비는 충분히 미녀라 부를만한 정도였다.

또한, 눈매를 보자면 어딘가 모르게 여우를 연상시키게 하였고 왼쪽 눈꼬리 밑의 눈물 점은 수많은 남성들의 마음을 설레게 할 만큼 색기를 묻어나게 하였다.

게다가 피부 또한 백인도 아닌 것이 백옥처럼 희고, 갓난아이처럼 보들보들하다. 무의식적으로 손을 뻗어 뺨을 매만져보고 싶은 피부였다.

가냘픈 목 아래의 복장 역시 보통 사람이라면 넋을 잃고 쳐다볼 정도로 대담하다.

그녀는 만두 머리와 함께 중국 여성이 가지고 있는 키워 드란 키워드는 다 가지고 있는 듯 했다.

중국 전통 의상으로, 허벅지 부근 아래가 옆으로 파인 차이나 드레스를 입었다. 전체적인 색은 타오를 듯한 붉은 색이었으며, 멋들어진 용이 금실로 박혀있다.

차이나 드레스 특유의 옆트임의 노출된 탐스러운 왼쪽 허벅지와 길쭉한 다리 위에는 묵색의 용 문신이 그려져 있다.

연령대를 살짝 추정해보자면 스물일곱에서 아홉 정도. 딱 이십 대 후반 정도 될 법한 요염한 미녀다.

'국제적인 범죄 조직의 간부 중 한 명이 저렇게 어리다니, 놀라운걸. 아니, 생각해 보면 그렇게까지 놀란 일은 아니로구나. 앱스토어가 있으니까.'

앱스토어의 상품만 손에 있다면 아무리 구주방이 국제적인 범죄단체라 하여도 간부 자리 정도는 얼마든지 손에 넣을 수 있다.

지우도 마음만 먹는다면 신분을 속여서 야쿠자나 마피아의 간부 자리에 충분히 앉을 수 있다.

또한, 앱스토어에는 나이에 비해서 어려지는 효과를 지닌 상품 역시 있으니 저 여자가 정말로 이십 대인지, 삼십

대인지는 알 수 없었다.

　'그리고 지척에 따라오는 걸 보면 저 미남은 용호부단주가 틀리 없을 테고.'

　용호단주의 미모도 미모지만, 용호부단주 역시 예사롭지 않은 인상이었다.

　일단 동양인 중에서 흔히 볼 수 없는 큰 키부터 예사롭지 않다. 대충 봐도190센티미터 정도다.

　이마를 시원하게 드러낸 머리카락은 모두 뒤로 넘겼다. 다만 젤은 바르지 않은 듯, 딱히 윤기가 나면서 반짝거리지는 않는다. 느끼한 인상은 아니었다.

　턱 선 자체는 남자답게 굵직굵직하지만, 얼굴형이 특별히 각지지는 않았다. 갸름한 편이었다.

　다만 눈은 조금 작은 편에 속했으며, 굉장히 예리하였다. 굳이 인상을 쓰지 않아도 매우 사나워 보였다.

　그 사나운 눈매 덕분에 오똑한 코와, 두툼한 입술 등 미남의 조건을 조금 깎는 건 아닌가 싶을 정도다.

　물론 이건 이거대로 야성적인 미남의 얼굴이 떠오르니 몇몇 여성들은 좋아할지도 모르는 타입이다.

　또한, 덧붙이자면 키만 무식하게 큰 것은 아니었다.

　보기 좋을 정도로 단련된 근육. 딱히 보디빌더처럼 과할 정도로 부푼 것이 아니었으며, 표범처럼 탄력지고 탄탄한 잔 근육으로만 이뤄져있다.

보통 이러면 옷을 입어도 티가 나지 않는 편이지만, 용호 부단주는 흰 바탕색에 검은 실로 문양이 새겨진 남성용 치파오를 입고 있어서 근육이 도드라지게 보였다.

"누구신지……?"

이쪽을 노골적으로 쳐다보며 다가오는 두 미남미녀를 보고 한소라가 중얼거렸다.

한소라는 겉으로 보자면 뿔테 안경에 가려진 데다가, 원래 깐깐하고 비서를 연상시키는 차가운 이미지 덕분에 아무렇지 않아 보이는 것 같았으나 자세히 보면 절대 아니었다.

목소리와 함께 눈동자가 미미하게 떨리고 있었고, 표정 한구석에는 불안이 묻어났다.

하기야, 지우 본인조차도 이렇게 잔뜩 경계하고 위기감을 느낄 정도인데 일반인에 불과한 한소라가 멀쩡할 리가 없다. 반대로 용케 입을 열어 말을 꺼냈다 싶었다.

"인사하기 전에 질문이 하나 있는데요. 설마하니 한도공 회장의 손녀도 이 자리를 함께하는 건가요?"

용호단주가 눈을 가늘게 뜨고 중국어로 물었다. 한소라

를 한눈에 알아본 걸 보니 골드 그랜드의 오너로서 VIP고객에 대한 정보는 알고 있던 모양이다.

"아니오, 그녀는 단순히 제 동행입니다. 잠시 이야기를 나누고 있을 뿐이죠. 잠시만 기다려 주시겠습니까?"

지우도 정중한 어조로 중국어로 답했다.

그러자 옆에 경계 어린 눈으로 용호단주와 용호부단주를 살펴보고 있던 한소라가 살짝 놀라워했다.

'지우 씨가 중국어를 이렇게 잘하셨나?'

한소라도 업무 관련으로 중국어를 배우긴 했지만, 아주 간단한 회화만 가능한 수준이었다.

그것도 느릿하게 말해야 알아들을 수 있는 정도다. 영어라면 모를까, 중국어의 경우 빠르게 말한다면 잘 모른다.

어눌한 발음도 하나 없이, 정말 자연스레 중국어를 구사하는 지우를 보고 한소라는 두 눈을 휘둥그레 떴다.

"다행이네요. 일반 사람이라면 모를까, 그녀 정도 되는 인물이 함께 있는 자리는 아무래도 부담스러워서요. 게다가 그녀는 우리 호텔의 귀빈인지라. 긴장해서 말이나 제대로 나올지도 의문이거든요."

용호단주는 말과 달리, 여유 가득한 미소를 보였다. 지우는 그런 용호단주에게서 시선을 떨어뜨리고, 한소라에게 정중한 어조로 말했다.

"소라 씨, 여기 있는 분과는 조금 아는 사이여서요. 죄송하지만 잠시 자리 좀 비워 주시겠습니까?"

"하지만……."

한소라는 눈썹을 치켜뜨고 탐탁지 않은 표정을 지었다. 얼굴 한구석에는 불안도 언뜻 보였다.

그녀 입장에선 딱 봐도 위험한 냄새를 풍기는 용호단주와 용호부단주가 지우와 함께 있는 것이 불안했다.

혹시 이대로 무슨 일이 벌어지는 것은 아닐까 걱정됐다.

"걱정 마세요. 여기 두 분과는 나름대로 사적으로 친한 사이예요. 무슨 일 일어나려는 건 아니니까 걱정 마세요."

"지우 씨가 그렇게까지 말한다면……."

단주와 부단주를 힐끗 쳐다보는 한소라는 그다지 믿는 눈치는 아니었다. 하지만 정작 걱정되는 장본인이 이렇게까지 말하니 그렇다고 '무언가 저 두 사람은 위험해 보여요!'라면서 거절할 수도 없는 노릇이었다.

"그럼 나중에 뵙겠습니다."

그런 한소라를 안심시키려 하는 걸까, 지우는 웃음을 흘리며 인사했다. 한소라는 탐탁지 않은 얼굴이었으나, 별수 없는 듯이 출구 쪽으로 향했다.

"에스코트가 필요할까요?"

용호단주가 지우의 맞은편에 앉으며 물었다.

"그럴 필요 없습니다. 어차피 소라 씨에게는 따로 리즈 스멜트의 경호원이 붙어 있을 테니 괜히 부딪치지 않는 편이 좋을 겁니다."

"다행이네요."

용호단주가 다리를 꼬며 여우와 닮은 눈을 빛냈다.

"만나서 반가워요. 정식으로 소개할게요. 구주방 산하에 있는 행동 부대이자 전투 부대, 용호단의 단주 자오웨라고 해요. 그리고 중국에서 앱스토어를 이용하는 고객이도 하고요."

말이 끝나자마자 자오웨는 용호단원을 바라보면서 손뼉을 쳤다. 그러자 근처에서 대기하고 있던 용호단원이 얼른 다가와 허연 김이 모락모락 피어오르는 차를 탁자 위에 각각 두 잔을 올려두었다.

"만나서 반갑습니다. 한국의 앱스토어 고객이자, 몇 가지 사업을 하고 있는 정지우라고 합니다. 혹시 자세한 소개가 필요합니까?"

"아뇨, 그러실 필요는 없습니다. 제주도에 오기 전에 그쪽에 대해서 조사 좀 했거든요. 아, 그렇다고 너무 기분 나쁘게 생각하지는 마세요. 당신도 알다시피 앱스토어 고객들은 보통 서로에 대해 알면 조사부터 하잖아요?"

자오웨가 기품 있는 손길로 차를 한 모금 마시고 생긋 웃었다.

자신과 관련된 가족들이나 주변 사람들에 대해 조사했다는 말을 들은 지우는 조금 불쾌했으나, 이해하지 못하는 건 아니었기에 머리를 한 차례 끄덕였다.

"꽤나 좋은 차예요. 독 같은 건 들어가지 않았으니 마셔 보세요."

"아뇨, 아무래도 전 커피를 좋아해서요. 게다가 용호단주님께서 오시기 전에 많이 마셔서 괜찮습니다. 부하분들께서 대접을 잘 해주시더라고요."

"호호. 그럼요. 누가 명령한 건데요. 게다가 불과 며칠 전에 용호단원 대부분을 박살내신 분인데 어느 안전이라고 그런 짓을 하겠어요?"

자오웨는 여전히 웃는 얼굴을 하면서도 대놓고 가시 있는 독설을 내뱉었다.

"비록 오해 때문에 벌어진 일이긴 하나, 그 건에 대해선 정말 죄송하게 생각합니다."

지우는 사과를 하면서도 이번 일이 자기 탓이 아니라는

점을 빠지지 않고 말에 담았다.

"알고 계신다면 괜찮아요. 뭐, 제 단원들이 죽었다면 이야기는 조금 달라졌겠지만……손속에 사정을 둬서 정말 감사하다고 생각하고 있어요. 저들은 무공 비급도 선사하고 여러모로 손 좀 간 아이들이라서."

자오웨가 눈을 가늘게 뜨고 섬뜩한 웃음을 보였다.

"그 말씀은……."

지우도 눈을 가늘게 뜬 채로 자오웨와 마주보았다.

"네, 맞아요. 용호단원들은 앱스토어에서 구입한 무공 비급을 통해 힘을 선사해줬죠. 아, 그렇다고 앱스토어에 대해서는 몰라요. 중국 사천 년의 역사가 진짜였다, 무협지에 나오는 힘이 사실은 존재했다 라며 대충 떠들어댔죠."

어느 정도 예상했던 답변에 지우는 감탄 하면서 시선을 자오웨의 뒤쪽에 서 있는 남자에게로 옮겼다.

"그럼 혹시 저분도……?"

지우가 확인차 조심스런 어조로 물었다.

곁에서부터 느껴지는 분위기만 봐도 그가 보통 인물이 아니란 것을 알 수는 있었지만 그래도 혹시 하는 마음에 궁금증이 생겼다.

"아니요. 그는 저나 당신 같은 앱스토어 고객이에요. 그리고 제 쌍둥이 동생이기도 하고요."

자오웨가 지우의 물음에 시원스레 답했다.

그리고 그 답 때문에 지우는 큰 충격을 받았다. 뒤통수가 얼얼한 것이, 생각지도 못한 말을 담은 망치로 후려 맞은 느낌이었다.

'뭐라고? 쌍둥이 동생?'

아직 앱스토어의 고객이 되는 조건은 밝혀지지 않았지만, 적어도 혈연은 아닐 것이라고 생각하고 있었다.

딱히 무언가 확신이 있는 것은 아니고, 그냥 왠지 모르게 혈연이라 하면 조건이 너무 쉽나 싶지 않아서였다.

그런데 자오웨가 이렇게 말하니 혹시 혈연도 관련이 있었나, 라는 생각이 들었다.

"보아하니 그쪽도 아직 그 해괴한 곳에 대해서는 잘 모르시는 눈치시군요. 저도 왜 저희 쌍둥이가 고객이 되었는지는 잘 몰라요."

"과연."

눈치를 보아하니 딱히 거짓을 말하는 것 같지는 않아 보였다. 하지만 지우는 속으로 상당히 아쉬워했다.

'지금까지 그 세 명은 앱스토어에 대해서 잘 모르는 눈치였지. 자오웨가 알고 있었으면 정보 좀 캐냈을 텐데.'

앱스토어에 대한 정체는 돈으로 정보를 구입하거나, 혹은 등급을 최고로 올려야만 알 수 있다.

그렇지만 그에 대한 정보나 정체를 타인이나 혹은 사회에 발표하면 아니 된다는 법 따위는 존재하지 않는다.

그러니 혹시 몰라 타 고객에게 알 방법이 있지 않을까 하고 기대했는데, 아쉽게도 자오웨는 모르고 있는 모양이다.

"뭐, 어쨌거나……서론은 여기까지만 하고 이제 슬슬 본론으로 들어갈까요. 저희를 제주도로 부른 이유에 대해서요. 장 핑에게 그쪽이 우리 얼굴을 보고 싶다는 이야기를 들었거든요."

자오웨는 무릎 위에 깍지 낀 손을 올렸다.

'드디어 왔구나.'

지우는 이 순간을 위해서 전날까지도 머리를 굴려가며 이들과 어떻게 관계를 맺어야할지 고민해왔다.

'동맹 제의.'

용호단은 위험하다. 보아하니 자오웨의 위치는 구주방 내에서도 제법 상위에 속하는 모양이었다.

아니, 설사 인성이나 능력의 관계 유무 없이 앱스토어의 힘만 빌린다면 그 정도는 어려운 일이 아니다.

자신은 가족을 지켜야 하기에, 섣불리 그들과 척을 지는 것은 위험한 일이었다.

백고천과 양추선, 나아가 김효준에게까지 동맹 제의를 받고 거절했던 자신이 설마 스스로 타 고객, 그것도 중국 고객에게 동맹을 제의할 줄은 몰랐다.

"툭 까놓고 말하자면 당신들과 손을 잡고 싶습니다. 단원들을 죽이지 않는 것도 그 이유죠. 그리고 장 핑에게 말했던 것처럼 전 당신들의 사업장을 방해할 생각 또한 없습니다."

"뒤쪽의 조건은 환영하는 바예요. 솔직히 골드 그랜드는 구주방 내에서도 손꼽히는 사업장이거든요. 만약 방해를 받아서 잃었다 한다면 무척 슬펐을 거예요."

자오웨는 웃음을 잃지 않고 차분하게 대답했다.

"그렇다면……."

지우는 섣불리 기뻐하지 않았다.

비록 자오웨가 겉으로 호의적인 모습을 보인다 하여도, 사람 일은 모른다. 그녀가 저 웃음 속에 무엇을 숨겼을지 모르기에 경계하게 된다.

또한, 자고로 세상일은 자기 마음대로 되는 법이 없다. 항상 무언가의 장애물이 앞에 서 있기 마련이었다.

그 생각을 얼추 들어맞았다.

자오웨는 서릿발처럼 차가운 눈동자를 머금고 앵두처럼 두툼한 입술을 움직였다.

"하지만 거기까지예요. 당신과 손을 잡기에는 그 이상 이득이 생기지 않죠. 막말로 제가 총력을 동원해서 당신을 죽이고 모든 걸 빼앗으면 골드 그랜드에 대해 걱정하지 않아도 상관없어요."

'역시나.'

고객들 간 가장 안 좋은 점이 바로 이거다.

살인을 할 수 있는 무력과 더불어서, 그 살인을 덮을 수 있도록 조작도 할 수 있다면 굳이 돌아가지 않고 힘으로 모든 걸 해결한다는 점이다.

동맹을 하려면 적어도 양추선, 김효준, 강태구 이 셋처럼 서로에 대해 그럭저럭 알고 있고 힘에 대한 균형도 맞아야 한다. 양추선은 그 힘에 대한 균형을 깨드리고 모든 걸 손에 넣기 위해 지우를 포섭하려 했었다.

문제는 그 장본인에게 반감을 사서 어이없이 살해당했지만.

"확실히 당신이 들고 있는 카드는 제법 있어요. 한도공의 손녀와 제법 친밀한 사이인 것 같기도 하고, 양지에서 하는 사업도 있죠. 하지만, 거기까지예요. 그건 저에게 있어 그다지 메리트 있는 것이 아니니까요."

자오웨의 말은 모두 틀린 말이 아니었다.

세계의 대그룹인 리즈 스멜트 회장인 한도공이라면 모를까, 그 손녀와 친분이 있는 정도는 그다지 대단하지 않다. 사업체 또한 솔직히 소소한 정도다.

국제적으로 엄청난 영향을 끼치는 구주방의 간부 입장에선 별로 대단하게 보이진 않았다.

물론 지우는 한도공과도 나름 친분이 있긴 했지만, 솔직히 자오웨에게 알려진다 해도 그녀는 이렇다 할 반응을 보이지는 않을 것이다.

지우 본인이 리즈 스멜트 내부에서 대단한 지위를 가졌다면 모를까, 겉으론 한국 내에서 최근에서야 영향을 조금 떨치는 사업가일 뿐이었다.

즉, 쉽게 말하면 스케일이 작다. 굳이 동맹을 할 정도로 같은 격을 지닌 인물이 아니었다.

"동맹을 맺는다면 반대로 손해는 저고, 큰 이득을 얻는 건 당신. 다른 곳도 아니고 천하의 구주방의 간부와 동맹이니까요. 저희의 힘을 쓴다면 중국에서도 당신 사업을 대박 나게 할 수 있을 걸요?"

자오웨의 말은 거짓이 아니다. 모두 현실적인 말이었다.

구주방은 중국 정부가 골치 아파할 정도로 경제의 큰손이다. 비록 그 행위가 대부분 불법적이라고 해도 법망을 피하거나, 혹은 여러 가지 꼼수를 통해서 섣불리 건들지 못하는 단체가 됐다.

　그들의 힘이라면 지우의 사업체 정도는 그다지 힘들이지 않고 키워줄 수 있었다.

　"미안하지만, 전 그쪽 구주방의 힘을 빌릴 생각은 없습니다. 아무래도 이미지가 있어서요."

　그녀의 물음에 지우가 손을 들어 거부하는 뜻을 표했다.

〈다음 권에 계속〉

완전기억자

강형욱 현대판타지 장편소설

MODERN FANTASY STORY & ADVENTURE

더욱 완벽해져서 돌아온 『퍼펙트 가이』

『완전기억자』

누구나 한 번쯤은 상상으로 꿈꿔 봤을 완전기억능력.
전 세계를 경악시킬 '완전기억자'가 나타났다!

dream
books
드림북스

강령술사

FUSION FANTASY STORY & ADVENTURE

정은호 퓨전판타지 장편소설

『가문의 주인』, 『명불허전 Dr.허』의 작가 정은호!

많은 이들이 기다린 진정한 모험 판타지!

무속인의 피를 이어받은 고등학생 경식.
신병을 견디지 못하고 집안 내력인 신기를 받아들이던 도중,
강렬한 충격과 함께 이세계로 떨어지게 되는데!

dream books
드림북스

武
무당전생
정원 신무협 장편소설
ORIENTAL FANTASY STORY & A
문피아 골든 베스트 1위, 소문난 명품 무협!
환생은 했지만 재능도, 기연도 없다.
폭력과 죽음이 난무하는 무림에서 믿을 건 오직 전생의 기억.
무당파 사대제자 진양. 그가 가는 길을 주목하라!
dream books
드림북스

정령사
헌터 성공기
양인산 현대판타지 장편소설
MODERN FANTASY STORY & ADVENTURE
지금까지 없었고,
앞으로도 없을 헌터계의 전설!
세상을 놀라게 할 정령사 헌터의 행보를 주목하라!
헌터계를 평정할 정령사의 이야기가 시작된다!
dream books
드림북스